Herbert Steffny/Ulrich Pramann

Laufen

Tipps für Langstreckenläufer

BELLAVISTA

Laufen tut der ganzen Familie gut.

Inhalt

Laufen ist ein Volkssport für jedermann. Und wenn aus Läufern Sieger werden, gibt das einen ganz besonderen Kick.

40

Die Faszination Marathon

Habe ich genug trainiert? Habe ich richtig trainiert? Wie wird das Wetter? Welches Shirt, welche Hose ist die richtige? Was tun, wenn ich Blasen kriege? Wie schnell sollte ich den Marathon angehen? Werde ich mein eigenes Tempo laufen oder mich doch von den Mitläufern und deren Pace anstecken lassen? Was, wenn ich einen Wadenkrampf kriege? Wie reagieren, wenn die ominöse Mauer da ist, wenn es richtig hart wird? Werde ich in Versuchung geraten, aufzugeben? Wie werde ich über den toten Punkt hinwegkommen? Können da die Zuschauer helfen? Wie wird es sein, wenn es nicht mehr weit zum Ziel ist? Werden dann wirklich Glückshormone dafür sorgen, dass ich glaube, ich fliege? Werde ich mich als Held fühlen, der einen Meter über dem Boden schwebt? Oder krieche ich auf dem Zahnfleisch ins Ziel?

Der Schritt ins Ungewisse. Vor einem Marathon tun sich viele Fragen auf.

Mythos, Geheimnis, Erfolg

Es sind viele Fragen, die sich ein Läufer vor einem Marathon stellt. Viele haben wir in unserem Bestseller »Perfektes Lauftraining« beantwortet, das Experten als »neue Lauf-Bibel« preisen. Mit »Fit für den Marathon« wenden wir uns speziell an jene Läufer, die schon mittendrin stecken im Abenteuer Laufen. Sie finden hier jede Menge praktische Tipps, die Ihnen helfen sollen, die Herausforderung Marathon spielerisch zu bestehen. Nein, der Mythos Marathon soll nicht entzaubert werden. Wir erklären Ihnen nur das Geheimnis für einen erfolgreichen Marathon.

Marathon – eine Selbstdisziplin: Die Lust, eigene Leistungsgrenzen auszuloten, im Pulk oder ganz allein.

Marathon – die totale Erfahrung

Marathon ist mehr als Muskelleistung. Marathon ist eine ganz besondere Erfahrung. Diese Erfahrung ist total. Beim Marathon stößt jeder an seine physischen Grenzen. Trotzdem ist Marathon vor allem ein psychisches Abenteuer. Eine Herausforderung an die eigene Bequemlichkeit. Ein quälender Kitzel, in sich hinein zu laufen, um sich selbst kennen zu lernen.

»Wenn du laufen willst, lauf eine Meile. Wenn du ein neues Leben kennen lernen willst, dann lauf Marathon.« Es war Emil Zatopek, der die Faszination Marathon genau auf den Punkt gebracht hat.

Das Leben ist ein Marathon

Laufen als Lebenseinstellung. Das Leben als Marathon. Da läuft die Lust mit, die eigenen Leistungsgrenzen kennen zu lernen: gegen die Uhr, gegen den inneren Schweinehund, im Pulk oder ganz allein und locker der untergehenden Sonne entgegen. Eine interessante Selbsterfahrung, die inzwischen Hunderttausende reizt. Für eine Medaille, für das erste Bier danach, für die Anerkennung. Noch in den 1970er Jahren schien diese lange Laufdistanz allenfalls eine Sache für Elite-Athleten, asketische Typen oder Freaks zu sein. Seit den 1980er Jahren ist Marathon eine Art privater Mount Everest für diejenigen Läufer geworden, die sich mehr und mehr zutrauen. Er ist der reizvolle Lohn einer ungeheuren Anstrengung.

Der Marathonboom

Die Marathonbewegung findet ungeahnten Zulauf. Weltweit. Allein in den USA starteten letztes Jahr 390 000 Läufer, doppelt so viele wie vor zehn Jahren. Jeder dritte Teilnehmer ist inzwischen eine Frau. Der Köln-Marathon lockt 13 000, Frankfurt/M. 10 000 und Berlin über 20 000 Läufer an den Start – innerhalb von drei Herbstwochen. Die meisten laufen gegen keinen

Gegner, nur gegen sich. Nein, eigentlich: für sich. Wer heute sagt: »Hey, ich trainiere für einen Marathon«, darf allseits mit Beachtung und Bewunderung rechnen.

Das Vorbild Joschka

Topmanager wie Jürgen Weber (Lufthansa) oder Georg Riedel (Gläser), TV-Promis (Böttinger, Margarethe Schreinemakers, Oprah Winfrey) oder Werder-Manager Willi Lemke aus Bremen beeindruckten als Marathonmitläufer. In der Bundesrepublik hat insbesondere Joschka Fischer, inzwischen Außenminster, den Marathon populär gemacht. Er steckte in einer Lebenskrise, er war von seiner Frau verlassen worden, er war dick geworden (110 Kilogramm), er hatte Herzschmerzen. Anstatt zu resignieren, begann er zu laufen. Regelmäßig. Er nahm 35 Kilogramm ab. Irgendwann reizte auch ihn der Marathon. Er trainierte konsequent nach der Methode von Herbert Steffny, die Sie in diesem Buch finden. Mit 50 Jahren schaffte Joschka Fischer in Hamburg seinen ersten Marathon – in 3:41 Std. Im Ziel wirkte er ganz locker.

42195 – Millionen wissen längst: Das ist keine Postleitzahl, keine Telefonnummer. Die Ziffernfolge 42195 symbolisiert ein Massenphänomen: M A R A T H O N.

Marathon – ein privates Olympia

Kann jemals einer von uns auf Wimbledons Center Court gegen Martina Hingis oder Pete Sampras ein Match spielen? Ist es möglich, bei einem Grand Prix gegen Schumacher oder Häkkinen Runden zu drehen? Kaum. Beim Marathon hingegen kann jeder im Rennen mit den Weltbesten dabei sein – wenn auch mehr oder weniger weit hintendran.

Vom Marathon geht eine faszinierende Wirkung aus, selbst wenn man nur ein typischer Mitläufer ist, selbst wenn man nie im Leben gewinnen können wird. Als Sieger kommen allenfalls zwei Dutzend Sportler infrage.

99,9 Prozent der Marathonläufer laufen, um es einfach mal auszuprobieren. Um etwas über sich selbst zu lernen. Was?

- Die Lust, Grenzerfahrungen zu machen
- Die Neugier, zu erfahren, was sich im Körper und vor allem im Kopf abspielt, wenn es scheinbar nicht mehr weitergeht
- Die Angst vor der Strapaze
- Der Stolz, am Start zu stehen
- Der elende Kampf mit dem »inneren Schweinehund«
- Das Gefühl, sich ganz klein und ganz groß zu fühlen

Rob de Castella, australischer Weltmeister, sagte einmal: »Wenn du dich nach zehn Meilen schlecht fühlst, bist du in Schwierigkeiten. Wenn du dich nach 20 Meilen schlecht fühlst, bist du normal. Wenn du dich aber nach 26 Meilen noch nicht schlecht fühlst, bist du abnormal.«

Marathon – unheimlich und verlockend

»Wenn ich einen Marathon laufe, stelle ich meine Körperlichkeit ins Zentrum meines Lebens und ins Zentrum des Universums. In diesen Stunden tritt alles zurück, was sonst die Basis meines Lebens ist: Essen, Schutz, sexuelle Erfüllung. Ich reduziere mein Leben auf diesen Wettkampf, auf die höchsten Anstrengungen, die jetzt nötig sind.« So beschrieb der amerikanische Laufphilosoph, Autor und Runner's World-Kolumnist Dr. George Sheehan seine Hingabe an den Marathon.

Sheehan verglich einen Marathon einmal mit einer Musik, deren Takt »kraftvoll und kämpferisch« ist, und deren »Melodie des Glanzes und des Ruhms« uns »Freude verheißt und verlangt, den Körper zu disziplinieren, Mut zu finden, den Glauben immer wieder zu erneuern und eine Person zu werden, die total bei sich selbst ist«.

Das sind pathetische Worte für eine sportliche Großtat, die fast jeder schaffen kann. Vorausgesetzt, Sie sind regelmäßiger Jogger, Sie sind gesund, Sie bringen Ehrgeiz, Selbstdisziplin, Neugier und den Willen mit, sich seriös vorzubereiten.

Marathon – die Prüfung

Beim Marathon steht eine wichtige Prüfung bevor, bei der es um viel geht. Denn auf dem Prüfstand stehen Mut, Härte, Willenskraft und Leidensfähigkeit, Selbsteinschätzung und Selbstbestätigung.

Zäh, fleißig und emotional stabil lauten die Kennzeichen eines Langstreckenläufers. Marathonläufer sind relativ vollendete Persönlichkeiten, sie sind gewissenhaft, systematisch vorgehend, hart arbeitend, geduldig, ausdauernd, realistisch, selbstständig, leistungsmotiviert und überdurchschnittlich intelligent.

Diese Tugenden fand die Soziologin Susanne Kreitz in einer Untersuchung heraus. Weitere Eigenschaften von Marathonläufern sind: ein selbstverständliches Überlegenheitsgefühl, große Durchsetzungsstärke, Konsequenz und Disziplin.

Marathons sind offen für jedermann, für Sportsleute wie du und ich, für Studienräte und Schlosser, Banker und Bäcker.

Auch mit Kind: Laufen kann jeder, Ausreden gibt es nicht.

Runner's High

Jeder Marathon öffnet das Tor zu großen Gefühlen. Der Läufer fühlt sich beflügelt. Er federt über den Asphalt. Die Beine – er fühlt sie nicht mehr. Jeder Schritt wird eine Leichtigkeit. Marathonläufer erzählen: »Man glaubt wirklich zu fliegen. Der Atem geht gleichmäßig, du spürst ein angenehmes, rhythmisches Gleichmaß. Wie stark du dich fühlst, wie leicht, wie elastisch, wie frisch. Vielleicht lächelst du vor Glück.«

Wenn der Runner's High eintritt, entwickeln Läufer euphorische Gefühle: »Von Kilometer 8 bis 25 scheinen einen die Engel zu schieben.«

Die Rede ist vom Laufrausch, dem Runner's High. Wenn es gut läuft, wird der Körper nach einer knappen Stunde von körpereigenen, morphiumähnlichen Hor-

Zahlen & Fakten

- 80 Prozent der Marathonläufer nehmen auch an Volksläufen teil.
- 63 Prozent der Marathonläufer haben schon Halbmarathonläufe absolviert.
- 76 Kilometer (zwölf Stunden) trainieren sie pro Woche.
- 30 Jahre ist das durchschnittliche Laufanfangsalter.
- 43 Prozent der Marathonläufer sind Mitglied in einem Sportverein.
- Zehn Prozent der Marathonläufer machen regelmäßig bei Lauftreffs mit.
- 65 Prozent der Läufer nehmen Ernährungszusätze wie Elektrolyte zu sich.
- 40 Prozent der Marathonläufer lesen regelmäßig ein Laufmagazin.
- 33 Prozent der Läufer starten bei Marathons im Ausland.
- 77 Prozent der Marathonläufer orientieren sich an der Attraktivität der Stadt.

monen (Endorphinen) durchströmt. Für den Marathonläufer Sheehan das »Gipfelerlebnis des vollkommenen Friedens mit den Dingen«, bei dem er außerordentlich kreativ, ja poetisch werde.

Die Angst

Marathonläufer berichten jedoch auch vom Gegenteil des Runner's High: »Irgendwann ist sie da. Sie läuft von Anfang an mit, diese Angst vor Qualen, die du nicht kennst, nicht kennen kannst, diese Angst vor dem Aufgeben. Anfangs konntest du sie mühelos abhängen, weil es wunderbar lief. Doch plötzlich holte dich die Angst ein, diese Angst vor der Mauer, vor irgendeinem Monster, von dem Erfahrene erzählt hatten.« In dem Moment wird wahr, was alle Läufer schildern: Müdigkeit, unendliche Mühe, die Arme und Beine zu heben, Atemlosigkeit, Angst. Aber: »Nach der verzweifelten Müdigkeit und dem vorübergehenden Zusammenbruch der Willenskraft folgt fröhliches Losgelöstsein.« Das ist mehr als nur profaner Stimmungswandel.

Für den Schriftsteller Günter Herburger (»Lauf und Wahn«) hat die Erfahrung Marathon hohen symbolischen Wert. »Nichts ist zu Ende. Verzweiflung wird zu etwas Natürlichem, zu einer Lebensstrecke, die man auch wieder verlässt.«

Die letzten Meter

Manche treibt nur noch ein Scheißegal-nur-ins-Ziel-Gefühl voran. Manche spurten. Manche kämpfen verbissen. Alle jubeln. Exzessiv. Oder ganz still. »Gleich ist geschafft, was du dir vorgenommen, wofür du monatelang trainiert hast. Da war anfangs Übermut. Und der Mut, den Marathon anzugehen. Dann war da Demut, Schmerz und die quälende Frage: Warum diese Schinderei? Jetzt findest du in dir die Antwort. Auf diesen letzten Schritten vor dem Ziel.
Geschafft. Du bist geschafft. Du hast geschafft, was du wolltest. Es war schwer, sauschwer. Die Verlockung, einfach aufzugeben, war groß. Du warst klein, aber doch

noch ein bisschen größer als deine Schwäche. Du könntest weinen in diesem ganz besonderen Moment – und du tust es auch. Die Versagensangst, die sich aufgestaut hatte, die Schmerzen, die sich mitschleppten, die Zweifel – all das löst sich auf den letzten Metern vor dem Ziel auf. Statt Beschwerden fühlst du plötzlich eine ganz große Befreiung.«

Laufen stärkt übrigens nicht nur den Körper, sondern es macht auch geistig fit: Bei Versuchen mit Mäusen stellten amerikanische Wissenschaftler fest, dass Tiere, die sich in einem Laufrad bewegen können, schneller und besser als ihre faulen Artgenossen lernen.

Im Ziel

»Geschafft. Vielleicht lächelst du, ebenso wie ein paar tausend andere auch, die ebenfalls ins Ziel kommen, die Mauer und 42 195 Meter hinter sich. Vielleicht lächelst du ein bisschen gepeinigt, ein bisschen sehr gepeinigt. Sicher aber gelöst. Und stolz.
Du hattest starke Gefühle: weit oben zu sein – und nach unten, ganz unten zu fallen. Und doch wieder nach oben zu gelangen. Du hast eine besondere Erfahrung gemacht: Jetzt, nachdem die Mauer überwunden ist, wirkt vieles geringer.«

Der Schwur

»Nie wieder. Nie wieder so einen Marathon«, so lauten die ersten Gedanken von so vielen Marathonläufern, die mit Ach und Krach das Ziel erreichen. Nie wieder.
Oder vielleicht doch? Nur noch ein einziges Mal?
Selbst die Siegerin Grete Waitz schwor sich nach ihrem ersten New-York-Marathon: »Ich laufe den nie wieder«. Auch sie war vollkommen erschöpft. Sie brach ihren Schwur. Sie fuhr immer wieder nach New York und gewann den Marathon noch weitere achtmal.
Wetten, dass es Ihnen ähnlich gehen wird – selbst wenn Sie niemals siegen sollten. Dennoch wird die Herausforderung Marathon ein großer Gewinn für Ihr Leben sein. Wetten?

Er läuft – und läuft – und läuft …

Macht Laufen süchtig? In gewisser Weise ja: Wer einmal angefangen hat zu laufen, der mag auf die positiven Auswirkungen das Laufens auf Körper, Geist und Seele nicht mehr verzichten. Biochemisch gesehen steigt beim Laufen die körpereigene Produktion von Endorphinen. Endorphine sind dem Morphin ähnliche Rauschstoffe, die den Körper von Schmerzen befreien und eine Art Glückszustand erzeugen. Sie steigern die Lebensfreude und das Selbstwertgefühl, abhängig machen sie nicht.

In einer Fragebogenaktion ermittelte Prof. Dr. Alexander Weber (Universität Paderborn) die Motivation von Joggern. Deren wichtigstes Motiv lautete »seelisches Gleichgewicht«.

Was in die Sporttasche gehört

- Wettkampfschuhe
- Socken
- Shorts
- Tights
- T-Shirt, Trikot
- Trainingsanzug
- Stirnband, Kappe
- Herzfrequenzmesser
- Pflaster (für Brustwarzen)
- Vaseline
- Regenbekleidung
- Sicherheitsnadeln (für die Startnummer)
- Nagelschere
- Seife, Schampoo, Handtuch
- Registrationcard (Wettkampfbestätigung)
- Sportbrille
- Massageöl
- Verpflegung für danach
- Kleingeld (fürs Taxi zurück zum Hotel – man kann ja nie wissen …)

Die persönliche Bestandsaufnahme

Der Wunsch, regelmäßig zu laufen, kommt irgendwann aus dem tiefsten Inneren, aus dem Unterbewusstsein. Weil Sie intuitiv wissen, dass Sie sich hinterher gut, besser, manchmal wunderbar fühlen. Und weil es unterwegs meist richtig Spaß macht. Laufen wird wieder zu einer natürlichen Sache. Wenn das so ist, entwickelt sich auch die Vorstellung, einen Marathon zu laufen, ganz natürlich. Denn der Wunsch, die eigenen Grenzen zu überschreiten, ist nur konsequent: Weil Sie durchs Laufen Selbstvertrauen aufbauen. Weil Sie Zutrauen zu Ihrem Körper gewinnen.

Durch Laufen werden Sie Experte für Ihren Körper. Denn durch das Laufen wird der Körper wieder ein ganz natürlicher Teil von Ihnen.

Bin ich wirklich bereit?

»Kann ich wirklich einen Marathon laufen?« Ja, Sie können: Jedes Jahr nimmt die Zahl der Finisher zu. Das ist der Beweis, dass im Prinzip fast jeder Läufer einen Marathon erfolgreich beenden kann. Wer Marathon laufen will, kann ihn laufen, mit den richtigen Voraussetzungen:

- Gesunder Ehrgeiz und Durchhaltewillen
- Intensives Training
- Respekt vor der Herausforderung

Fragen Sie sich vor dem sportlichen Wagnis ehrlich:

- Laufe ich lange genug regelmäßig (über ein Jahr)?
- Will ich unbedingt einen Marathon laufen? Oder läuft eine Wette? Oder hat man mich nur überredet?
- Habe ich hinreichend Selbstdiziplin und Willenskraft, um konsequent auf ein Ziel hinzuarbeiten?
- Bin ich bereit, mich mit Geduld vorzubereiten?

Wenn Ihre persönliche Bestandsaufnahme positiv ausgefallen ist, kann's losgehen.

Wenn Sie reichlich Übergewicht haben und/oder über 30 Jahre alt sind, sollten Sie sich in jedem Fall gewissenhaft und gründlich durchchecken (Belastungs-EKG, großes Blutbild) lassen, am besten von einer Ärztin oder einem Arzt, die/der selbst läuft.

Das Wichtigste – Ausdauer

Ausdauertraining braucht Ausdauer, Marathon ist nichts für Ungeduldige. Langes Training zahlt sich aus, denn der Körper braucht Monate bis Jahre für viele Anpassungsvorgänge und orthopädische Stabilität. Auch Eliteläufer erreichen ihren Zenit erst nach fünf Jahren Marathontraining. Nehmen Sie sich also die nötige Zeit. Dennoch ist es möglich, sich innerhalb von zehn Wochen auf einen Marathon vorzubereiten:

- Wenn Sie wenigstens eine Stunde am Stück laufen können.
- Wenn Sie zu konsequentem Training bereit sind.
- Wenn Sic zu keiner der Risikogruppen (starker Raucher, starker Alkoholkonsum, Bluthochdruck) gehören.

Bin ich bereit, die nötige Zeit aufzuwenden?

Machen wir uns nichts vor: Marathontraining ist zeitaufwändig. Die Trainingspläne für Einsteiger (ab Seite 64) sehen wöchentlich vier bis fünf Trainingsläufe zwischen mindestens 30 Minuten und einer guten Stunde vor. Dazu kommt am Wochenende noch ein langer Dauerlauf von zwei Stunden und mehr.

- Wenn Sie auf »ankommen« laufen, sind rund 45 Trainingskilometer pro Woche nötig.
- Wenn Sie unter 4:00 Stunden laufen wollen, sind 50 bis 60 Kilometer nötig.
- Wenn Sie unter 3:30 Stunden laufen wollen, benötigen Sie 65 bis 75 Kilometer.
- Wenn Sie unter 3:00 Stunden laufen wollen, brauchen Sie wöchentlich 85 bis 110 Trainingskilometer.
- Wenn Sie jeweils noch die Phase des Cool-down und das Duschen dazurechnen, kommen pro Woche leicht acht bis zwölf Stunden fürs Training zusammen.

Setzen Sie sich ein realistisches Ziel

Natürlich können Sie sich eine Bombenzeit von unter drei Stunden vornehmen und wild dafür trainieren. Ob Sie damit durchkommen, werden Sie dann schon sehen. Vermutlich werden Sie unterwegs wenig Spaß haben, wenn Sie einer unrealistischen Vorgabe nachrennen. Setzen Sie sich also nicht unnötig unter Druck. Testen Sie lieber erst Ihr wirkliches Leistungsvermögen, z. B. über zehn Kilometer. Es gibt eine Formel, nach der Sie Ihre realistische Marathonzeit hochrechnen können:

10-km-Zeit x 4,667

Wenn Sie über zehn Kilometer in 50 Minuten laufen, dürfte Ihre Marathonzeit unter optimalen Bedingungen auf 3:53 Stunden hinauslaufen. Wenn es Ihr Debüt ist, sollten Sie nochmals 25 Minuten dazurechnen.

Es ist sinnvoll, sein volles Potenzial auszuschöpfen. Das beginnt mit einer korrekten Selbsteinschätzung.

Umrechungstabelle für den Marathon

Derzeitige 10 km-Zeit	Optimal erreichbare Marathonzeit	Beim Debüt realistisch erreichbar
57:30	4:28:20	5:10:00
55:00	4:16:40	4:50:00
52:30	4:05:00	4:35:00
50:00	3:53:20	4:20:00
47:30	3:41:40	4:05:00
45:00	3:30:00	3:50:00
42:30	3:18:20	3:35:00
40:00	3:06:40	3:20:00
37:30	2:55:00	3:05:00
35:00	2:43:20	2:52:00
32:30	2:31:40	2:37:00
30:00	2:20:00	2:24:00
27:30	2:08:20	2:11:00

Die richtige Ausrüstung

Sparen Sie nicht an der Ausrüstung. Im Vergleich zu den meisten Sportarten ist Laufen ohnehin günstig. Mit funktioneller Kleidung macht das Training doppelt so viel Spaß.

Eine falsche Ausrüstung provoziert Erkältungen, Verletzungen und Motivationsabfall.

Laufschuhe

Der Asphalt ist kein Laufsteg, und die Füße sind sensible Leistungsträger. Deswegen sind die Schuhe das wichtigste Sportgerät des Läufers. Sie verdienen bei der Anschaffung besondere Beachtung. Geringes Gewicht und Design sind schön und gut, aber untergeordnete Faktoren, denn Laufschuhe müssen vor allem passen. Sie sollen den Fuß beim Laufen unterstützen, also für ungestörtes Abrollverhalten sorgen. Kaufen Sie Schuhe abends oder nach dem Training. Weil nach einer Belastung die Füße leicht geschwollen sind, vermeiden Sie es so, zu enge oder zu kleine Schuhe zu erstehen.

Wie weit die Schuhe tragen hängt davon ab, wie Sie sie pflegen und wie häufig Sie sie wechseln.

Probieren Sie beim Kauf verschiedene Modelle. Es reicht dabei nicht, bloß ein bisschen im Laden zu trippeln. Shops mit Laufband bzw. Laufanalyse helfen Ihnen, optimales Material zu finden:

- Schwere Läufer brauchen festeres Material.
- Leichtere Läufer benötigen flexiblere Schuhe.
- Die Zehen müssen vorne noch gut einen Zentimeter Platz haben.
- Die Ferse muss vom Schuh eng umfasst werden und darf sich nicht hin- und herbewegen lassen.

Sie sollten sich mehrere unterschiedliche Schuhmodelle zulegen, mit denen Sie abwechselnd laufen. Weil jeder Schuh seine eigene Charakteristik hat, werden auch Ihre Bandscheiben, Gelenke und Sehnen nicht immer gleich belastet. Mit mehreren Modellen können Sie außerdem Ihr Training besser abstimmen:

Wenn die Schuhe zwischen den Läufen austrocknen können, erhöht das nicht nur die Lebensdauer der Schuhe.

- Schuhe mit griffigem Profil und robustem Oberleder eignen sich für schweres Gelände wie Waldboden, nasses Gras und Schnee.
- Schuhe mit guter Dämpfung werden für Asphalt und geschotterte Wege gebraucht.
- Leichtere Schuhe sind notwendig für schnelle Trainingseinheiten und Wettkampf.

Die Haltbarkeit hängt vor allem von Ihrem Gewicht, Ihrem Laufstil und dem Untergrund ab, auf dem Sie trainieren. Ein guter Trainingsschuh sollte mindestens 1200 Kilometer halten, aber schon nach 500 Kilometern kann bis zu einem Drittel der Dämpfungseigenschaften dahin sein. Schwachpunkt ist meist die Zwischensohle.

Funktionelle Bekleidung

Vom Wetter müssen Sie Ihr Lauftraining nicht mehr abhängig machen, denn die Sportartikelhersteller haben längst Funktionelles für alle Fälle entwickelt: Bekleidung, die bei Kälte hilft, die Körperwärme zu speichern und bei Hitze den Schweiß rasch abtransportiert. Keiner muss also mehr im eigenen Schweiß schmoren oder frieren. Prinzipiell sollten Sie Folgendes beachten:

- Atmungsaktive, strapazierfähige, pflegeleichte Textilien wählen.
- Laufbekleidung tragen, in der Sie sich wohl fühlen. Besonders unter den Achseln und in der Leiste sollte nichts zu eng sein, damit es beim Laufen nirgendwo reibt oder drückt.
- Auf Straßen helle Kleidung tragen. Bei Dunkelheit eine Leuchtweste überziehen.
- Bei kühleren Temperaturen das »Zwiebelprinzip« beherzigen: auf der Haut Textilien aus schweißableitenden Kunstfasern, darüber eine weitere dünne Schicht Kunstfasern und eine atmungsaktive Jacke.
- Nasse Kleidung sofort nach dem Laufen ausziehen, sonst können Sie sich leicht erkälten.

Schietwetter? Zu kalt, zu heiß, zu windig, zu regnerisch? Solche Einwände gelten nicht – nicht mehr. Es gibt kein schlechtes Wetter, nur schlecht gewählte Kleidung.

Das Zweitwichtigste – die Socken

Schlecht sitzende, Falten schlagende, feuchte Laufsocken können für den Läufer zum Alptraum werden: Sie verursachen schmerzhafte Blasen. Um dies zu verhindern, haben die Langstreckenläufer früher zwei Paar Socken getragen. Heute greifen Sie besser zu Socken aus Kunstfasern oder aus Baumwolle-Kunstfaser-Gemischen. Achten Sie beim Kauf von Laufsocken insbesondere darauf, dass die Socken eine gute Passform, hohen Tragekomfort und keine Naht über den Zehen haben.

Das Drunter und Drüber

Damit der Körper des Menschen auch bei großer Kraftanstrengung sich nicht überhitzt und die Betriebstemperatur nicht zu stark ansteigt, gibt der Organismus überschüssige Wärme gemeinsam mit Wasser schnell nach außen ab: Der Mensch schwitzt. Der Schweiß verdunstet auf der Haut und erzeugt Verdunstungskälte, die den Körper abkühlt. Damit die Kleidung diesen Wasserdampf an die Umwelt abgeben kann, darf sie die Feuchtigkeit nicht speichern. Baumwoll-T-Shirts sind den neuen Kunstfasern dabei weit unterlegen, sie speichern 20-mal mehr Schweiß. Zum Laufen sollten Sie also lieber atmungsaktive Shirts aus synthetischen Fasern tragen. Auch Shorts und eng anliegende lange Hosen (Tights) sollten aus Kunstfaser sein, damit sie nicht scheuern. Bei kaltem Wetter schützen lange Ärmel den Körper vor dem Auskühlen. Bei nassem Wetter brauchen Sie eine atmungsaktive Windjacke, die nicht zu weit geschnitten sein sollte.

Während bei trockenem, warmem Wetter Tights und T-Shirt ausreichen, brauchen Sie bei windigem, kühlem, feuchtem Wetter warme, lange Hosen, langärmelige Shirts und eine funktionelle Jacke.

Kühlen Kopf bewahren

Da man bis zu 40 Prozent der Körperwärme über Kopf und Hals verlieren kann, sollten Sie in der kälteren Jahreshälfte beim Laufen ein Käppi oder eine Mütze tragen. Ist Ihnen das zu warm, sollten Sie wenigstens zum Stirnband greifen. Es verhindert, dass Ihnen Schweiß in die Augen läuft, es wärmt Stirn und Ohren und beugt so Stirnhöhlenentzündungen und Ohrensausen vor. An heißen Tagen kühlt Sie das Stirnband, wenn Sie es vor dem Laufen anfeuchten.

Handschuhe

Normalerweise sind beim Laufen die Extremitäten gut durchblutet. Wenn jedoch die Temperaturen unter 5 °C fallen, sind Hände und Finger steif, die Kälte zieht bis in die Ellenbogen. Gegen dieses Frösteln helfen dünne Baumwollhandschuhe oder Handschuhe aus Wolle: Sie speichern die Körperwärme.

Das Marathon-training

»Je härter desto besser« ist kein Motto für ein erfolgreiches Marathontraining. Wer nämlich wild drauf los trainiert, wird bald an seine biologischen Grenzen stoßen. Wer hingegen gut informiert ist und mitdenkt, kann das Marathontraining besser verstehen und steuern. Da wir den Motor unseres Autos besser als unseren eigenen Körper kennen, müssen wir uns im folgenden Kapitel ein wenig mit Biologie, Physiologie und Biochemie beschäftigen, zur Vertiefung und zum besseren Verständnis vieler Trainings-, Regenerations- und Ernährungsempfehlungen.

Training findet in unserem Körper, aber auch mit Köpfchen statt!

Grundlagen – die Biologie des Laufens

Biologische Systeme benötigen zu ihrer Erhaltung im Gegensatz zu technischen Geräten einen entsprechenden (Trainings-)Reiz: Ein Gelenk muss durch Bewegung geschmiert werden, ein Muskel muss ständig bewegt werden, sonst baut er schnell ab. Training besteht aus ständiger Belastung und Entlastung unterschiedlicher biologischer Systeme, die auf den Trainingsreiz mit einer Erhaltung, Anpassung und Verbesserung von Funktionen und Strukturen auf zellulärer Ebene antworten. Jede Belastung muss dabei in einen ausreichenden Erholungsprozess eingebettet sein, denn Änderungen brauchen Zeit.

Belastung und Regeneration – beides ist beim Laufen gleich wichtig.

Die Trainingseffizienz und -qualität hängen also nicht nur von der Intensität und dem Umfang eines Trainingsreizes ab, sondern entscheidend ist ebenfalls die

Art und zeitliche Dauer der Regenerationsmaßnahmen, die vor und nach dem Training erfolgen. In der Balance von Belastung und Erholung des Organismus liegt die eigentliche Kunst, gute und individuelle Trainingspläne zu schreiben.

Biologische Adaptation

Das Modell der biologischen Adaptation (auch Superkompensation genannt) beschreibt die zeitliche Abfolge der Reaktionen unseres Körpers auf den Trainingsreiz. Ein Trainingsreiz muss überschwellig sein, also beim betreffenden System eine »Alarmreaktion« auslösen, z.B. durch Erschöpfung von Energiereserven, Verbrauch von Enzymen oder Zerstörung von Strukturen wie Zellmembranen oder Muskelfasern.

Locker formuliert könnte der Körper nach einem ungewohnt langen Lauf sagen: »So etwas ist mir noch nie passiert, dass mir der Sprit ausging, ich will mich verbessern, aber ich brauche dafür ein wenig Zeit!«

Die Anpassungsphase

Nach einer Phase der Erschöpfung beginnt in der Kompensationsphase der Reparaturbetrieb des Organismus: Die lädierten Systeme werden verbessert. Das kann eine Vergrößerung des Glykogendepots, eine effizientere oder vermehrte Enzymausstattung oder auch einen Umbau in den Muskelfasern bedeuten. Je nachdem wie hart oder ungewohnt ein Reiz war, dauert diese Anpassung länger oder kürzer. Der gewünschte Trainingseffekt ist die Verbesserung des Ausgangsniveaus (Superkompensation).

Die Reizhöhe macht den Fortschritt

Ein Athlet mit einer guten Grundlagenausdauer wird intensivere Reize schneller wegstecken, weil bei ihm z. B. durch die vielen Kapillaren (kleinste Blutgefäße) mehr Blut in den Muskel fließt. War der Reiz zu hart, dauert die Anpassung sehr lange, weil zu viel Schaden angerichtet wurde. Leichte Spannung in den Muskeln ist ein Zeichen richtig dosierten Trainings, starker Muskelkater bedeutet Überlastung. Erfolgt innerhalb eines bestimmten Zeitraums kein ähnlich harter Reiz, geht die verbesserte Anpassung wieder verloren, das System schwingt auf das Ausgangsniveau zurück. Werden ähnlich gelagerte harte Reize in einem optimalen Abstand, nicht zu früh und nicht zu spät, gesetzt, so ist der Leistungszuwachs optimal. Werden dieselben harten Reize zu dicht gesetzt, so kommt der Körper mit der Reparatur und Anpassung nicht nach. Man ist übertrainiert. Dieser Fehler kommt häufig vor.

War der Reiz unterschwellig, also zu schwach, sagt der Körper: »Kalter Kaffee, kann ich schon!«

Wie lange es dauert bis ein Reiz verdaut ist, hängt von folgenden Faktoren ab:

- Reizstärke
- Regenerationsmaßnahmen
- Genetische Konstitution
- Trainingszustand
- Welches System gefordert wurde

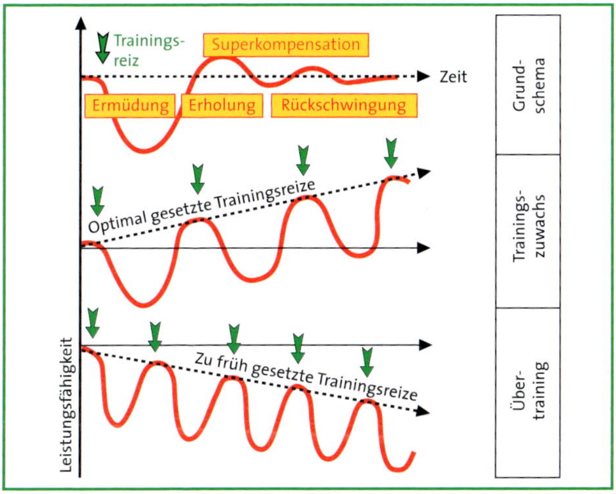

Komplexe Superkompensation: Im Trainingsalltag werden gleichzeitig unterschiedliche Systeme beansprucht. Variable Einheiten ermöglichen ein effizientes Überlappen von Trainingsreizen und Erholungsphasen. Quelle: Steffny Run Fit Fun 97

Ein Intervalltraining beansprucht z. B. den anaeroben Kohlenhydratstoffwechsel, ein langer, ruhiger Dauerlauf hingegen verbessert den Fettstoffwechsel. Das Glykogendepot braucht bis zu drei Tagen zur Auffüllung, der Wasserhaushalt ist in Stunden ausgeglichen. Die längste Anpassungszeit braucht der Bewegungsapparat, und auch er reagiert unterschiedlich: Gut durchblutete Muskeln passen sich schneller an als die schlecht durchbluteten Sehnenansätze. Man muss also im Trainingsprozess immer auf das langsamste Glied warten. Es ist somit sinnvoll, nach zwei bis drei Wochen Trainingssteigerung eine ruhigere Zwischenwoche einzuschieben.

Solange die Beine stark verspannt sind oder sogar schmerzen, sollte kein Tempotraining durchgeführt werden.

Die Kraft der Langsamkeit

Trainieren Sie möglichst variabel. Während sich ein System gerade erholt, wird überlappend ein anderes gereizt. Zwischentage mit langsamem Regenerationsjogging bedeuten Luxusdurchblutung ohne Stress und damit aktive Erholung! Ein weit verbreiteter Fehler ist es, die regenerativen Läufe zu schnell zu laufen. Der Athlet glaubt zwar, mehr Qualität in sein Training gebracht zu haben, in Wirklichkeit hat er die Erholung seines Körpers unnötig verzögert und damit das Training verschlechtert. Einen Anhaltspunkt für die Dauer bis zur nächsten harten Belastung nach Wettkämpfen gibt die »Foster-Regel«. Der neuseeländische Marathonläufer Jack Foster wurde 1974 bei den Commonwealth-Spielen im Alter von 41 Jahren in 2:11:19 Stunden Zweiter! Er rät, so viele Tage nach harten Wettkämpfen kein intensives Tempotraining oder Wettkämpfe zu laufen, wie der Wettkampf in Meilen lang ist. Nach einem 10-Kilometer-Rennen sollte man also sechs Tage und nach einem Halbmarathon 13 Tage eher ruhige Dauerläufe einplanen. Gegen diese Regel wird häufig verstoßen!

Der Energiestoffwechsel

Grundlegende Kenntnisse zum Energiestoffwechsel helfen zum Verständnis der Trainings- und Ernährungslehre, denn wer als Marathonläufer den Fettstoffwechsel nicht richtig trainiert hat, auf den wartet jenseits der 30 Kilometer unweigerlich die »Mauer« oder der »Mann mit dem Hammer«.

Der Vorteil unseres Körpers gegenüber einem Auto besteht darin, dass er neben zwei Energiesystemen für kurzfristige, schnellkräftige Leistungen (ATP und Kreatinphosphat) zwei weitere Sprittanks für Ausdauersport besitzt:

- Das Fettdepot, ein relativ leichter, aber riesiger Energiespeicher, der für wenigstens 20 Marathons ausreichen würde
- Die Kohlenhydrate, deren Vorräte im so genannten Glykogendepot in Leber und Muskulatur nur begrenzt gespeichert sind

Ein Marathonläufer könnte mit Glykogen allein nur etwa 90 Minuten laufen. Fette werden, da sie in ausreichender Menge vorhanden sind, wie Diesel als Dauerbrennstoff bei geringen bis mittleren Intensitäten eingesetzt. Glykogen hingegen ist »Superkraftstoff«, der fürs Gas geben, also insbesondere für mittlere bis hohe Intensität reserviert bleibt. Die Glykogenvorräte sind mit rund 600 Gramm bei Ausdauertrainierten gegenüber einer Normalperson fast verdoppelt.

Marathonläufer müssen also neben einem großen Glykogentank auch über einen gut trainierten Fettstoffwechsel verfügen. Pro eingesetztem Sauerstoff liefern Kohlenhydrate aber mehr Energie als Fette. Das ist der Grund, warum der Körper bei höherem Tempo, wenn die Atmung an ihre Grenzen stößt, vermehrt Kohlenhy-

ATP oder Adenosintriphosphat ist eine energiereiche Verbindung, die im Stoffwechsel zum energieärmeren ADP umgebaut wird. Bei längeren Belastungen wird ATP im Energiestoffwechsel durch Fett- und Kohlenhydratabbau neu hergestellt.

Normalerweise liefern Fette und Kohlenhydrate den Sprit mit Sauerstoff. Reicht dieser bei hohem Tempo nicht aus, kann kurzfristig über das störende Nebenprodukt Laktat noch zusätzlich Energie erzeugt werden. Quelle: Steffny Run Fit Fun 97

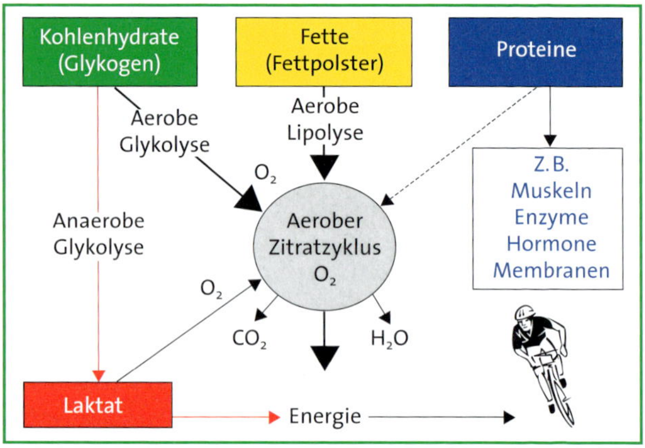

Beim Marathonlauf werden immerhin fast 70 Prozent des Energiebedarfs aus dem Fettabbau gedeckt.

drate einsetzen muss. Aus Protein wird überwiegend Körpersubstanz aufgebaut. Auf einem Nebenweg kann allerdings, wenn die Kohlenhydrate zu Ende gehen, aus Proteinen auch Glukose, die Gehirnnahrung erzeugt werden (Glukoneogenese).

Fettstoffwechsel

Die Fettreserven sind nicht nur im Unterhautfettgewebe und innen im Bauchraum gespeichert. Vor allem bei Langstreckenläufern stehen in den Muskelzellen Lipidtröpfchen als schnell verfügbare funktionelle Fette bereit. Der Fettabbau (Lipolyse) erfolgt durch Aufspaltung in Glyzerin und Fettsäuren, die mit Sauerstoff in den Kraftwerken der Zellen (Mitochondrien) zur Energiegewinnung oxidiert werden (Beta-Oxidation). Körpereigenes Karnitin fördert dabei die Einschleusung der Fettsäuren in die Mitochondrien. Bei mehrstündigen Belastungen kann der Energiebedarf bis zu 90 Prozent aus dem Fettabbau gedeckt werden. Dies unterstreicht die Bedeutung der ruhigen Dauerläufe (Fettstoffwechseltraining) für Marathonläufer. Bei einer starken muskulären Übersäuerung (Blutlaktatwerte über sieben Millimol pro Liter als biochemische Maßeinheit) wird der Fettabbau gehemmt. Leider trainieren viele Freizeitsportler mit dem Ziel Marathon oder sogar Gewichtsreduktion in dieser dafür vollkommen unwirksamen Belastung. Bei hoher Intensität verbraucht man zwar mehr Kalorien, aber die falschen. Es geht nicht an die Fettpolster, sondern an die Kohlenhydratvorräte, die hinterher schnell wieder aufgefüllt werden. Wer also den Fettstoffwechsel trainieren will, muss langsam und länger trainieren!

Mol ist die Basiseinheit, in der Stoffmengen gemessen werden.

Kohlenhydrat- und Laktatstoffwechsel

Ruhiger Dauerlauf entwickelt die Grundlagenausdauer, die Energie wird zum größten Teil durch Fettabbau geliefert, während beim Intervalltraining der Kohlenhydratabbau (Glykolyse) dominiert und die wettkampfspezifische Tempohärte trainiert wird. Je nach Tempo werden unterschiedliche Stoffwechselsysteme und organische Qualitäten entwickelt.

Achtung: Mit dem Tempo steigt das Verletzungsrisiko!

Aus Fetten und Kohlenhydraten wird hauptsächlich mit Sauerstoff (aerob) Energie gewonnen. Dabei entstehen als Abbauprodukte Kohlendioxid (CO_2) und Stoffwechselwasser. Über den anaeroben Kohlenhydratstoffwechsel, bei dem das Zwischenprodukt Milchsäure (Laktat) entsteht, kann im Zellplasma auch ohne Sauerstoff aus Kohlenhydraten noch zusätzlich Energie für einen kurzfristigen Spurt erzeugt werden. Eine hohe Milchsäureanhäufung führt aber nach ein bis zwei Minuten zum Leistungsabbruch. Marathonläufer versuchen während des Rennens gar nicht erst zu übersäuern, ihre Blutlaktatkonzentration bleibt deutlich unterhalb vier Millimol/Liter, der so genannten anaeroben Schwelle. 10 000-Meter-Läufer laufen im Wettkampf mit sechs bis sieben Millimol/Liter etwas über der anaeroben Schwelle, und 400-Meter-Läufer erreichen kurzfristig sogar 25 Millimol/Liter Laktat. Man könnte überspitzt formulieren, dass Mittelstreckler versuchen, trotz einer Stoffwechselvergiftung noch weiter zu laufen, während Langstreckler hohe Laktatwerte vermeiden. Geringere Laktatmengen (0,7 bis 2,0 Millimol/Liter) entstehen auch bei ruhigem Dauerlauf. Diese niedrigeren Milchsäuremengen werden aber in Leber, Nieren und nicht beanspruchter Muskulatur ständig wieder abgebaut.

Ein gut trainierter Fettstoffwechsel schont die Kohlenhydratvorräte im Wettkampf.

Training und Energiestoffwechsel

Die Art und der Anteil der Energiebereitstellung ist also weitgehend intensitätsabhängig und trainierbar.

- Ein Mittelstreckenläufer wird etwa die Hälfte seines Trainings im anaeroben Bereich (Laktattoleranztraining) durchführen.
- Ein Marathonläufer muss den weitaus größten Teil seiner Laufkilometer im ruhigen Dauerlauftempo (Fettstoffwechsel und aerober Kohlenhydratabbau) durchführen. Dadurch verbessert er seine aerobe Leistungsfähigkeit.
- Schlecht vorbereitete oder zu schnell beginnende Marathonläufer haben vorzeitig im Rennen ihr Glykogendepot verbraucht. Der Fettstoffwechsel wurde mangels langer Läufe oder zu schnellem Trainingstempo nur unzureichend trainiert. Um Kilometer 30 geht der Saft aus, sie laufen in die »Mauer«, hier wartet der »Mann mit dem Hammer«. Das muss nicht sein!

Muskelfasertypen – Sprinter oder Marathonläufer?

Es gibt schnell kontrahierende Muskelfasern, die FT-Fasern (fast twitch fibers) und Muskelfasern, die sich langsamer zusammenziehen, die ST-Fasern (slow twitch fibers). Die Verteilung dieser Fasern ist bei jedem Menschen genetisch festgelegt. Sie lässt sich durch Training kaum ändern. Während Normalpersonen von beiden Muskelfasertypen etwa gleich viel besitzen, haben Weltklassemarathonläufer um 80 und mehr Prozent ST-Fasern, deren Stoffwechsel und Eigenschaften zu aeroben Ausdauerleistungen wie geschaffen sind. Selbst durch intensivstes Training könnten sie nicht mehr zum Elitesprinter werden. Manche sind also zum Sprinter, andere zum Langstreckenläufer geboren.

Eine günstige Ausstattung der ST-Fasern kann jedoch durch Training noch weiter verbessert werden. Ausdauertrainierte weisen eine etwa 40 Prozent höhere Kapillarisierung auf als Untrainierte, was eine erheblich verbesserte Durchblutung mit sich bringt. Im Lauf des Ausdauertrainings können die Muskelfasern ihren aeroben Enzymbestand, das Glykogendepot und die funktionellen Fettreserven in der Muskelzelle verdoppeln. Die Zahl der Mitochondrien, in denen der aerobe Energiestoffwechsel abläuft, ist erhöht. Intensives anaerobes Training würde diese aeroben Anpassungen wieder rückgängig machen. Das ist der Grund, warum im Marathontraining zu hohe Intensitäten (über sieben Millimol/Liter Laktat) das aerobe Leistungsvermögen verschlechtern. Marathon- und Bahntraining für kurze Distanzen wie 5000-Meter-Lauf und 10 000-Meter-Lauf gleichzeitig vertragen sich meist nicht gut!

Es dauert bis zu zwei Jahren, ehe die Kapillarisierung (Ausbildung von kleinsten Blutgefäßen) maximal ausgeprägt ist.

Trainingssteuerung nach Puls und Laktat

Für die optimale Trainingsqualität ist die richtige Intensität von entscheidender Bedeutung. Leider ist vielen, vor allem den Späteinsteigern, das rechte Maß verloren gegangen: Sie trainieren meist zu hart und gleichförmig.

Ihnen fehlt das gute Körpergefühl der Kenianer, die schon in frühester Kindheit regelmäßig auf den Beinen sind. Denen gibt ihr Organismus das Optimum vor. Die richtige Belastung und der derzeitige Leistungsstand lassen sich aus Trainings- und Wettkampfresultaten oder über Tests mit Messung der Herzfrequenz oder Laktatkonzentration im Blut ermitteln.

Wer so läuft, dass er sich noch locker unterhalten kann, ist im richtigen Bereich für einen Dauerlauf.

Weniger ist oft mehr

»Je schneller ich laufe, desto besser werde ich!« Diese Annahme ist so falsch wie weit verbreitet. Wer schneller läuft, übersäuert. Es entsteht im Muskel die schon erwähnte Milchsäure (Laktat), die den Muskel hemmt und bei hohen Werten sogar schädigen kann. Diese anaerobe Schwelle ist auch dort weit überschritten, wo stilistisch lockeres, flottes Laufen in verkrampftes Abhetzen mit überschlagender hastiger Atmung übergeht.

So messen Sie den Puls

Am genauesten und bequemsten steuert man die Belastung beim Training mit den modernen Herzfrequenz-Computern mit Brustgurt nach EKG-Methode. Die einfachsten Geräte kosten heute weniger als ein Paar Laufschuhe. Man kann eine Pulsober- und -untergrenze einstellen, vor deren Überschreitung ein Signalton warnt. Topmodelle können darüber hinaus die Pulsfrequenzen speichern, die man mit einem Computer auswerten, archivieren, grafisch darstellen und vergleichen kann.

Ruhepuls

Ein über Wochen und Monate im Trainingsprozess abnehmender Ruhepuls ist ein Zeichen für ansteigende Form. Er wird morgens vor dem Aufstehen im Bett gemessen. Ein plötzlich erhöhter Wert kann auf harte Belastung, Übertraining, eine mögliche Erkrankung, zu wenig Schlaf oder alkoholische Sünden am Vorabend hinweisen. Durchschnittsbürger haben zwischen 60 und 70 Schläge, trainierte Ausdauersportler 40 bis 50 Schläge pro Minute und darunter.

Die optimale Leistung erreichen Sie nicht, wenn Sie schnell, sondern wenn Sie variabel trainieren.

Belastungs- und Erholungspuls

Vergleicht man in regelmäßigen Abständen die Herzfrequenz bei ähnlicher Belastung und die Erholungswerte in Minutenabständen danach, so kann man Fortschritte sehr gut dokumentieren. Je besser der Trainingszustand, desto schneller fällt der Puls ab. Auch die Trainings- und Wettkampfgeschwindigkeit selbst lässt sich nach der Herzfrequenz kontrollieren. Im Alter wird man ruhiger, das gilt auch für das Herz. Fitnessläufer können mit der Herzfrequenz sehr einfach die richtige altersabhängige Trainingsdosierung kontrollieren. Eine optimale Belastung erhalten Sie nach der simplen Formel: Trainingspulsfrequenz ist 180 minus Lebensalter plus/minus 10 Schläge. Ein 40-Jähriger sollte also mit 130 bis 150 Schlägen pro Minute laufen. Diese Formel liefert einen ersten Anhaltswert.

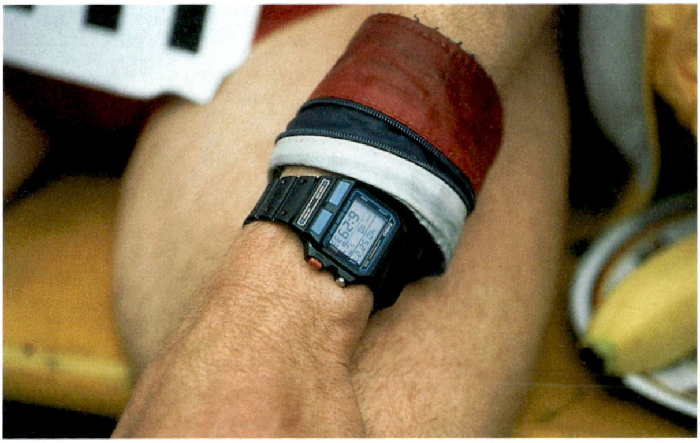

Eine Pulsuhr ist für ein optimales Training unerlässlich.

Maximalpuls

Der Maximalpuls ist die Frequenz, die bei voller Belastung erreicht wird. Er ist eine wichtige Bezugsgröße zur Trainingssteuerung. Man kann ihn nach der Formel 220 minus Lebensalter zwar grob abschätzen, genauer ist es aber, den Maximalpuls individuell zu ermitteln. Hierzu läuft man sich zunächst warm, danach rennt man zwei Kilometer ziemlich schnell und spurtet die letzten 400 Meter in höchstmöglichem Tempo. Der Pulsmesser sollte jetzt den Maximalpuls anzeigen. Wirksames Ausdauertraining liegt bei 65 bis 85 Prozent vom Maximalpuls. Das ist der Bereich, in dem man aerob, also ohne Sauerstoffschuld bei geringen Milchsäurewerten vorwiegend im Fettstoffwechsel trainiert. Ein 40-Jähriger hätte nach der Formel einen Maximalpuls von rund 180 Schlägen (220–40). 65 bis 85 Prozent davon ergäben einen Trainingsbereich von 117 bis 153 Schlägen, in dem auch Leistungslangstreckler den größten Teil ihres Trainings absolvieren sollten.

Um den Maximalpuls individuell ermitteln zu können, sollte man kerngesund sein! Wettkampfläufer können ihn auch bei einem 5- oder 10-km-Rennen nach dem Zielspurt ablesen.

Trainingssteuerung mit Laktatmessung

Ein weiteres sich zur Herzfrequenzkontrolle gut ergänzendes Messverfahren ist die direkte Ermittlung der Milchsäurekonzentration im Blut. Dazu wird das Training oder der Testlauf kurz unterbrochen, um aus dem Ohrläppchen oder der Fingerkuppe ein Tröpfchen Blut zu entnehmen. Milchsäure entsteht in größeren Mengen bei höherer Laufgeschwindigkeit, wenn die Muskulatur über Lunge und Kreislauf nicht mehr genügend Sauerstoff zur Deckung des Energiebedarfs erhält. Als kurzfristige Notlösung (Flucht, Endspurt) kann auf diesem Stoffwechselnebenweg (anaerobe Glykolyse) allerdings noch etwas zusätzliche Energie erzeugt werden. Für das

Marathontraining spielt das nur eine untergeordnete Rolle. Eine stärkere Übersäuerung der Muskulatur sollte sogar möglichst vermieden werden. Ein 10-Kilometer-Läufer hängt zu 90 Prozent, ein Marathonläufer sogar zu 95 Prozent von der aeroben Energieversorgung ab, daher sind bei ihnen die für die Sauerstoffversorgung so wichtigen Organe Herz, Kreislaufsystem und Lunge im Gegensatz zum Sprinter auch gut ausgebildet. Der ruhige Dauerlauf ist also die Haupttrainingskomponente.

Die Herzfrequenz- und Laktatleistungskurve

Während die Herzfrequenz mit der Laufgeschwindigkeit bis zur anaeroben Schwelle linear ansteigt, zeigt die Laktatleistungskurve einen exponentiellen Verlauf. Erst ab der Geschwindigkeit um die anaerobe Schwelle treten schlagartig höhere Milchsäurewerte im Blut auf. Die Laktatkonzentration in diesem Bereich liegt bei etwa vier Millimol pro Liter Blut.

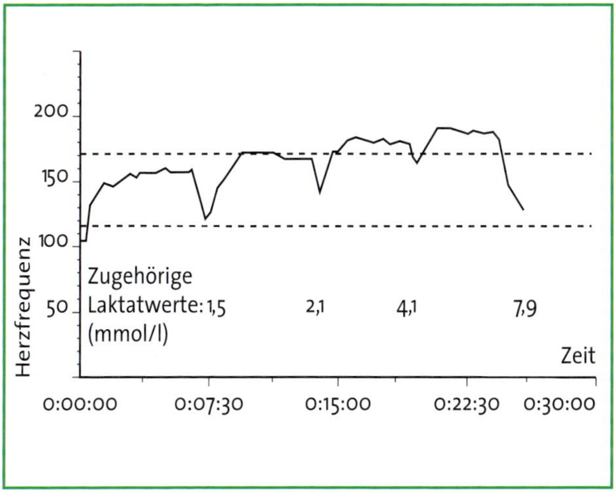

Die Herzfrequenz (HF) steigt linear mit der Laufgeschwindigkeit an. Die Laktatproduktion im Muskel hingegen erhöht sich erst im Bereich der anaeroben Schwelle (Blutlaktatwerte ca. vier Millimol/Liter) explosionsartig. Quelle: Steffny Run Fit Fun 97

Bei höherem Tempo geht man vorübergehend eine Sauerstoffschuld ein, die nach der Belastung durch vermehrte Sauerstoffzufuhr schnell wieder verschwindet. Diese vermehrte Sauerstoffzufuhr erreicht man durch ein langsames Auslaufen, sie sorgt für den Abbau des Laktats. Für die Praxis bedeutet der unterschiedliche Kurvenverlauf, dass man sein Training im aeroben Bereich sehr gut nach Herzfrequenzmessung, im Schwellenbereich und darüber oder im Krafttraining genauer nach Laktatmessung dosieren kann.

Mittelstreckler, die mit sehr hohen Laktatwerten laufen, ringen im Ziel nach Luft. Marathonläufer, die den Wettkampf im aeroben Bereich absolvieren, geben sofort nach dem Zieleinlauf ein Interview.

Leistungsdiagnostik

Die anaerobe Schwelle kann in einem sportmedizinischen Institut auf dem Laufband oder als Feldtest im Freiland mit Laktat- und Herzfrequenzmessung ermittelt werden. Man läuft in einem Stufentest vom regenerativen Jogging bis zur maximalen Belastung. Hieraus ermittelt man den Pulswert und die Geschwindigkeit der anaeroben Schwelle, die bei vier Millimol/Liter Laktat liegt. In den folgenden Wochen kann man nach diesen Werten die Trainingsvorgaben bestimmen, bis eine neue Abgleichung stattfindet. Am besten kontrolliert man sein Training mit verschiedenen Methoden. Puls-, Laktatmessung, Trainingsresultate und Wettkämpfe werden berücksichtigt. Wenn man sein Training nur nach Geschwindigkeit ausrichtet, kann man sich im Höhentraining, im Winter auf Schnee oder im Sommer bei Hitze gewaltig verschätzen. Zusammen mit gelegentlicher Laktatgegenjustierung kann die Herzfrequenzmessung dazu beitragen, das verloren gegangene Körpergefühl wieder zu erlangen. Das ist ein wichtiges Trainingsziel. Das Knie kann natürlich trotz niedriger Pulsfrequenz und geringem Laktatwert schmerzen, hier nutzen uns diese Hightech-Hilfsmittel nur wenig.

Wer nach innen horchen kann, hört bei Knieschmerzen: »Mach eine regenerative Pause!«

Die Formen des Lauftrainings

Wenn Sie immer nur dieselbe Strecke im selben Tempo durchlaufen, erreichen Sie einen geringeren Trainingseffekt als wenn Sie Ihr Training variabel gestalten. Monotone Reize stumpfen den Körper ab, unterschiedliche Reize hingegen stimulieren ihn. Das Geheimnis des Erfolgs liegt also in der richtigen Mischung der Trainingsmittel. Je nach Trainingsziel, Leistungsklasse, Erfahrung und Umgebung stehen unterschiedliche Trainingsformen zur Verfügung.

In Form des Super-Sauerstofflaufs oder LSD (long slow distance) können regenerative Dauerläufe aber auch über zwei Stunden gehen.

Jogging, regenerativer Dauerlauf

Bei vielen Läufern ist das langsame Jogging verpönt. Ganz zu Unrecht, denn die ruhigste Form des Dauerlaufs, die bei etwa 65 Prozent des Maximalpulses liegt, ist ideal für Regeneration nach hartem Training oder Wettkämpfen, sie ist optimal zum Warm- und Auslaufen oder bei Trabpausen zwischen Tempoläufen. Die langsame Belastung ermöglicht eine Luxusdurchblutung der Muskulatur ohne Stress und fördert so die Erholung durch Antransport von Sauerstoff und Nährstoffen und Abtransport von Milchsäure und anderen Stoffwechselendprodukten. Regenerative Dauerläufe dauern wenigstens 30 Minuten.

Eigentlich ist uns diese unterschätzte Trainingsform auf den Leib geschneidert, denn der Urmensch war als Jäger und Sammler zum Nahrungserwerb sehr häufig stundenlang in dieser sanften Intensität unterwegs. Beim ruhigen Joggen wird überwiegend Fett verbrannt. Wenn hartgesottene Tempobolzer behaupten, sie bekämen Muskelkater vom langsamen Laufen, bedeutet dies nur, dass sich ihre Muskeln auf die für sie offenbar völlig neuartige Bewegung noch nicht eingestellt haben.

Dauerlauf

Beim normalen Dauerlauf sollte man sich noch problemlos unterhalten können.

Der normale Dauerlauf bei etwa 70 bis 80 Prozent der maximalen Herzfrequenz bildet den Hauptbestandteil des Marathontrainings. Auch Weltklasselangstreckenläufer sammeln in dieser lockeren Intensität die meisten Kilometer. Es ist der Bereich des so genannten aeroben Grundlagenausdauertrainings. Die Hauptenergiequelle ist auch hier der Fettstoffwechsel. Durch ruhige Dauerläufe werden Sehnen und selbst Knochen gefestigt und dadurch auf härtere Zeiten vorbereitet. Dauerlauf fördert die Vermehrung feinster Gefäße in den beanspruchten Organen (Kapillarisierung), was für die optimale Versorgung und Funktion der Muskulatur, der Lunge, der Haut und anderer Organe unbedingt notwendig ist. Aerobes Training vermehrt auch auf zellulärer Ebene die Zahl der Mitochondrien, die Kraftwerke der Zellen, in denen der aerobe Kohlenhydrat- und Fettstoffwechsel abläuft. Ein Marathonläufer schont durch den optimal trainierten Fettsäureabbau seinen nur be-

Intensitätsverteilung in den letzten 10 Wochen vor der Marathon Europameisterschaft 1986

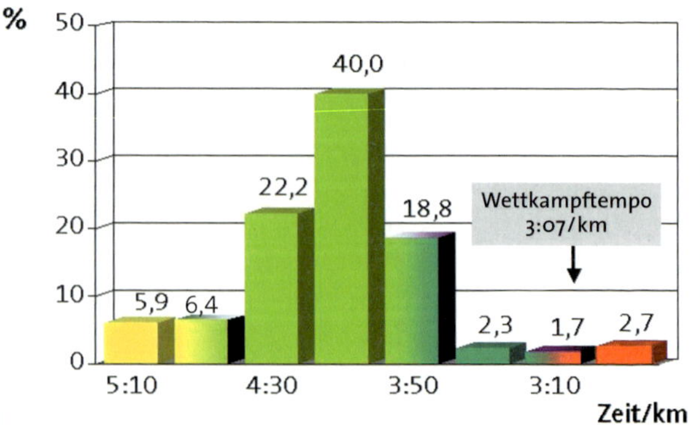

Herbert Steffny gewann 1986 bei der Europameisterschaft die Bronzemedaille. Bei etwa 180 Kilometern pro Woche lief er nur 4,4 Kilometer im Marathontempo oder schneller. Bei 4:10 min/km wurde am meisten trainiert.

grenzt ausreichenden Kohlenhydratvorrat (Glykogendepot). Der Dauerlauf kann von 30 Minuten bis zu mehreren Stunden reichen. Robuste Marathonprofis bestreiten in diesem Tempo Überdistanzläufe bis zu 50 Kilometer.

Ein guter Nebeneffekt: Bei einem langen Lauf lernt man auch Geduld – und die braucht man beim Marathon.

Tempodauerlauf

Aerobe Tempodauerläufe liegen bei etwa 85 Prozent des Maximalpulses. Ihre Intensität sollte als flott, aber locker und unverkrampft empfunden werden. Die Läufe sind je nach Form meist zwischen 5 und 20 Kilometer lang. Hinzu kommen jeweils zwei Kilometer ruhiges Ein- und Auslaufen. Beim Tempodauerlauf werden Fettstoffwechsel und Kohlenhydratstoffwechsel in einer optimalen Mischung bei nicht zu hohem orthopädischem Risiko trainiert. Stärkere Übersäuerung wird vermieden.

Ein schnellerer Lauf im Bereich der anaeroben Schwelle um vier Millimol/Liter Laktat bzw. rund 90 Prozent des Maximalpulses beansprucht den Kohlenhydratstoffwechsel mehr. Dieses Schwellentraining dient daher auch der Vergrößerung des Glykogendepots. Die Gefahr des Überziehens ist aber groß, weil ein nur geringfügig zu schnelles Tempo bereits eine stärkere Übersäuerung hervorrufen kann. Die Regenerationszeit ist danach unnötig verlängert. Übrigens, wer harte und lange Läufe im Training allein schafft, ist im Wettkampf mental stärker!

Testläufe

Selbstverständlich werden für Fortgeschrittene auch Kontrollwettkämpfe zum Training gehören. Als Aufbaurennen und Test vor einem Marathon dient beispielsweise ein Halbmarathon. Wettkampfresultate geben einen realistischen Hinweis auf die Form des Läufers und können auf den Marathon hochgerechnet werden. Psyche und Physis werden dabei auf eine harte Generalprobe gestellt.

Intervalltraining und Wiederholungsläufe

Das Intervalltraining ist eine klassische Trainingsform, bei der z. B. das geplante Wettkampftempo in einzelnen Teilabschnitten mit zwischengeschalteten Pausen zurückgelegt wird. In diesen Pausen wird langsam getrabt, um die Sauerstoffversorgung der Muskeln zu gewährleisten. Anaerobes Intervalltraining wie 10-mal 400 Meter oder 5-mal 1000 Meter verbessert die Laktattoleranz, den Laufrhythmus und die Tempohärte für eine kürzere Langstrecke (5000 oder 10 000 Meter). Längere Wiederholungsläufe wie 3-mal 3000 oder 5000 Meter im Marathontempo können auf abgemessenen Strecken auf Asphalt oder im Wald durchgeführt werden. Der Anteil dieser Tempoläufe sollte im Marathontraining jedoch nicht mehr als fünf Prozent der Laufkilometer betragen. Die Intensität des Intervalltrainings wird nicht nur durch die Geschwindigkeit, sondern auch durch die Wiederholungszahl, die Pausenlänge und die Art der Pausengestaltung (also stehen, gehen oder traben) variiert. Ältere Läufer sollten Intervalltraining vorsichtiger durchführen. Das Verletzungsrisiko steigt, und die Regenerationsdauer verlängert sich. Meist kommt man für einen Marathon auch mit genügend Trainingskilometern und Tempodauerläufen recht weit.

Der Vorreiter des Intervall- oder Tempotrainings ist Emil Zatopek. Er gewann bei den Olympischen Spielen 1952 in Helsinki die Goldmedaille über 5000 Meter, 10 000 Meter und im Marathon.

Fahrtspiel

Das ursprünglich aus Skandinavien kommende Fahrtspiel ist eine je nach Geländebeschaffenheit, Lust und Laune spielerische Form der Belastung und Entlastung des Körpers. Nach dem Einlaufen werden unterschiedlich lange Abschnitte abwechselnd nach Körpergefühl schneller oder langsamer gelaufen. An Anstiegen kann forciert werden, bergab wird locker getrabt. Schnelle Passagen auf Asphalt können mit kräfteraubenden Abschnitten durch Sand, Matsch oder Tiefschnee und Joggingpausen kombiniert werden. Slalomlaufen um Bäume, spontanes Überspringen von Hindernissen, Steigerungen oder Koordinationsläufe können eingebaut sein. Das mit der Stoppuhr kontrollierte Training weicht dem lustbetonten Spiel mit dem Gelände und den Elementen.

Die akademischere Form dieses Fahrtspiels entbehrt dieser Freiheiten. Reproduzierbar für das Trainingsbuch werden Minutenläufe in Pyramidenform absolviert: eine Minute schnell gefolgt von einer Minute langsam, zwei Minuten schnell, eine Minute langsam, vier Minuten schnell, zwei Minuten langsam usw., bis z.B. sieben Minuten schnell. In kürzer werdenden Teilabschnitten arbeitet man sich dann wieder zurück.

Das Fahrtspiel dient zur Schulung des Körpergefühls, da es mit seinen wechselnden Tempi auf unterschiedlichem Gelände die natürlichen Bewegungsabläufe bei Kindern imitiert.

Wenn die Trainingsstrecke öfter variiert, bleibt der Reiz des Laufens erhalten.

Crescendo

Crescendo ist ein Begriff aus der Musik. Er bezeichnet das allmähliche Anwachsen der Lautstärke.

Das Crescendo ist ein Steigerungslauf, der in einer fortgeschrittenen Trainingsphase angesetzt wird. Begonnen wird dabei zunächst im Dauerlauftempo. Stufenweise werden einzelne Abschnitte über Tempodauerlauf bis hin zur Renngeschwindigkeit gesteigert. Im Marathontraining kann z. B. der lange Lauf über 30 Kilometer in einer fortgeschritteneren Trainingsphase als Crescendo durchgeführt werden, indem man alle fünf bis zehn Kilometer schneller wird. Danach sollte wenigstens zehn Minuten lang ausgelaufen werden.

Hügel- und Berglauf

Laufen im hügeligen und bergigen Gelände kombiniert Kraft und Ausdauer. Man absolviert im welligen Gelände einen Dauerlauf mit natürlichem Schritt- und

Die Trainingsformen im Vergleich

Trainingsmittel	Energiebereitstellung (überwiegend)	Puls % max.HF	Laktat mmol/l
Regeneration, Jogging	Aerober Fettstoffwechsel	ca. 65	<1,5
Ruhiger Dauerlauf	Aerober Fettstoffwechsel	70–80	1,5–2,0
Tempodauerlauf	Aerober Kohlenhydrat- und Fettstoffwechsel	80–85	um 2,5
Marathontempo	Aerober Kohlenhydrat- und Fettstoffwechsel	85–87	um 3,0
Schwellentraining	Aerober Kohlenhydratstoffwechsel	ca. 90	3,5–4,5
Intervalltraining	Anaerober Kohlenhydratstoffwechsel	> 93	>4,5

max. HF = maximale Herzfrequenz, > = größer als, < = kleiner als

Rhythmuswechsel, wobei Belastung und Entlastung einander abwechseln. Forciert man das Tempo bergan, so kann ein harter Tempolauf mit fahrtspielartigen Zügen entstehen. Die Kenianer trainieren in den Nandihills auf solchen Strecken. Wer im Flachland wohnt, imitiert den Berglauf, indem er wiederholt Brücken oder Treppen hochläuft. Eine Alternative wäre auch, im Studio auf einem Laufband mit Steigung zu trainieren. Der echte Berglauf, bei dem einige hundert bis tausend Höhenmeter zurückgelegt werden, steht im Verruf, langsam zu machen. Dies ist ein hartnäckiges Vorurteil, der Berglauf wird unterschätzt! Berglauf ist ein intensives organisches Training bei höherer Herz- und Atemfrequenz, aber im Vergleich zum flachen Tempodauerlauf mit viel geringerer orthopädischer Belastung, sofern man anschließend nicht schnell bergab läuft. In Kombination mit Intervalltraining kann die beim Berglauf gewonnene Kraft durchaus in Schnelligkeit umgesetzt werden.

Die New-York-Marathon-Siegerin 1997, Franziska Moser aus der Schweiz, gewann in der Vorbereitung den Jungfrau-Marathon mit 1700 Höhenmetern. Als sie 1994 beim Frankfurt/M.-Marathon in Bestzeit siegte, hatte sie im Sommer sogar den 67 Kilometer langen Swiss Alpine Marathon absolviert.

Wie schnell im Training?

Trainingspläne sind Makulatur, wenn man gar nicht weiß, wie schnell oder langsam man eigentlich läuft, ob man die Vorgaben überhaupt einhält. Ein Regenerationslauf wird vielleicht viel zu schnell gerannt, das Trainingsziel damit verfehlt. Neben der Messung der Herzfrequenz sollte man auf einer festgelegten Strecke an Kilometersteinen oder im Stadion das Tempo auch nach Zeit pro Kilometer kontrollieren. Die Tabelle auf Seite 44 soll, wenn Sie Ihre aktuelle maximal mögliche 10-Kilometer-Wettkampfzeit kennen, helfen, das zeitkontrollierte Training variabel und effektiv zu gestalten. Die Zahlen sollen als ungefähre Richtwerte für die Trainingspläne dienen.

Zeitkontrolliertes Training

Aktuelle 10-km-Zeit	Regenerationslauf	Normaler Dauerlauf	Mittlerer Dauerlauf	Tempo-Dauerlauf	Marathontempo	Schwellenlauf
28:00	4:18	3:50	3:35	3:20	3:05	2:52
30:00	4:32	4:04	3:49	3:34	3:19	3:04
32:00	4:47	4:19	4:03	3:48	3:32	3:16
34:00	5:00	4:32	4:16	4:01	3:45	3:28
36:00	5:16	4:47	4:30	4:14	3:58	3:41
38:00	5:32	5:03	4:46	4:28	4:12	3:53
40:00	5:45	5:15	4:57	4:41	4:25	4:05
42:00	6:00	5:30	5:12	4:55	4:38	4:18
44:00	6:13	5:43	5:25	5:08	4:51	4:30
46:00	6:27	5:57	5:39	5:22	5:05	4:42
48:00	6:41	6:11	5:53	5:36	5:18	4:54
50:00	6:56	6:26	6:07	5:49	5:31	5:07
52:00	7:10	6:40	6:21	6:03	5:45	5:19
54:00	7:24	6:54	6:35	6:17	5:58	5:31
56:00	–	7:07	6:48	6:30	6:11	5:44
58:00	–	7:22	7:02	6:43	6:24	5:56

Natürlich schwankt das Tempo mit dem Untergrund, Wetter und Profil der Strecke. Wer auf Schnee versucht sein Dauerlauftempo beizubehalten, überzieht maßlos. Hier wäre ein pulskontrolliertes Training sinnvoller. Bei den Trainingsplänen ab Seite 64 sind Zeiten pro Kilometer eingetragen. Sie können aber auch die entsprechenden Pulswerte für Jogging, Dauerlauf usw. befolgen.

Führen Sie ein Lauftagebuch

Ein Lauftagebuch ist ein nützlicher und ständiger Begleiter Ihres Trainings und für den Leistungsläufer eine sinnvolle Hilfe, die Ausführung eines Trainingsplans übersichtlich zu protokollieren und zu kontrollieren. Es ist für jeden Läufer eine wertvolle Fundgrube und Motivationshilfe, eigene erfolgreiche Trainingskonzepte zu studieren und zu wiederholen. Schreiben Sie das Training auf, dann können Sie nicht nur Ihre Fortschritte über einen längeren Zeitraum verfolgen, sondern auch leichter aus Fehlern lernen. Je sorgfältiger und ehrlicher protokolliert wurde, desto besser. Notieren Sie:

- Das Trainingsprogramm (Kilometer, Zeit, Lauftempo, Puls, Erholung etc.)
- Subjektive Kommentare
- Wetter und Kleidung
- Den morgendlichen Ruhepuls
- Gewicht – unbekleidet vor dem Frühstück
- Wochenkommentar
- Wochen- und Monatssummen für die Laufzeitdauer und Kilometer

Bewahren Sie den Überblick über Ihre Trainingseinheiten. Nur so können Sie Ihre Leistung richtig einschätzen.

Vor jedem Trainingslauf – sanftes Warm-up

Nur ein lockerer Muskel kann seine volle Leistungsfähigkeit entwickeln. Machen Sie sich also vor jedem Lauftraining ein paar Minuten warm. Laufen Sie ganz langsam los, oder gehen Sie flott. Dann erst beginnen Sie mit dem Stretching. Die Durchblutung wird gesteigert, Sie erhöhen Beweglichkeit und Spannung der Muskulatur. Die Wirkung des Warm-up ist vielfältig:

- Anregung von Kreislauf und Stoffwechsel, Sauerstoff und Energie werden schneller transportiert
- Steigerung der Körpertemperatur auf 38,5 bis 39 °C – Muskelkrämpfe haben da kaum eine Chance
- Bessere Elastizität der Fasern, Sehnen und Bänder, vergrößerter Bewegungsspielraum
- Ankurbeln der Stoffwechselvorgänge im Muskel

Je besser Sie mental und physisch aufs Training eingestellt sind, desto eher können Sie Ihre Leistung steigern.

CHICAGO
5765
64

Das Rennen planen

Gut geplant ist halb gewonnen! Zur Planung gehören nicht nur ein selbstkritisch geführtes Lauftagebuch voller fleißig gesammelter ruhiger Kilometerläufe, nicht nur eine intensive mentale Vorbereitung, sondern auch einige Testwettkämpfe, damit der Läufer eine realistische Einschätzung seiner Möglichkeiten erreicht. Der Anteil des Tempotrainings spielt jedoch eine geringere Rolle als beispielweise beim 10 000-Meter-Lauf.

Die nachfolgend angeführten Umrechnungen gehen überwiegend auf Toni Nett und Manfred Steffny zurück. Verglichen werden nur aktuell mögliche Zeiten.

Wie schnell im Wettkampf?

Wettkämpfe können als Testrennen für die derzeitige Form und zur Hochrechnung auf mögliche Zeiten bei der eigentlichen Hauptdistanz Marathon gelten. Um die hochgerechneten Zeiten zu realisieren, muss man natürlich das entsprechende Training für diese Distanz durchführen. Eine gute Zeit auf zehn Kilometer ist jedoch ohne erhöhten Trainingsumfang und lange Läufe noch kein Garant für eine gute Marathonzeit. Auch kann das Wetter jedem Läufer einen dicken Strich durch die Rechnung machen.

Ein 10-Kilometer-Test in 32:00 Minuten kann im Optimalfall eine Halbmarathonzeit von 1:10:43 Stunden und einen Marathon in etwa 2:30 Stunden bedeuten. Häufig werden die maximal möglichen Zeiten infolge schlechter Witterung, ungewohnter Strecke, mangelhafter Motivation, unzureichender Vorbereitung oder anderer Zielsetzung nicht erreicht. Ein Marathondebütant sollte, wie wir beim Plan für Einsteiger noch sehen werden, einen Unerfahrenheitsmalus einkalkulieren, also die Strecke vorsichtshalber langsamer angehen.

Die eiserne Grundregel für Marathonanfänger: Durchhalten ist das Ziel, nur das Ankommen zählt!

Maximal mögliche Zeiten auf Nachbardistanzen

Wettkampfdistanz	Umrechnungsformel aus der Unterdistanz
10 000 m	5000-Meter-Zeit mal 2 plus 1 Minute
Halbmarathon	2,21-mal 10 000-Meter-Zeit
Marathon	4,666-mal 10 000-Meter-Zeit oder 2,11-mal Halbmarathon-Zeit
100 km	3-mal Marathonzeit (bei Marathonzeit unter 3:00 Stunden abzüglich der Minuten unter 3:00 Stunden)

Trainingsplanung im Jahreszyklus

Es gibt auch noch längerfristige Planungen, beipielsweise im olympischen Vierjahreszyklus, wo ein gezielter mehrjähriger Aufbau optimale Resultate erbringen kann.

Der leistungsorientierte Marathonläufer sollte ganzjährig kontinuierlich laufen. Allerdings sollte man nicht das ganze Jahr über gleichförmig trainieren. Das lassen die Jahreszeiten wetterbedingt nicht zu, außerdem gilt es, für die Saisonhöhepunkte topfit zu werden und danach wieder auszuruhen. Der Jahresablauf wird also in unterschiedliche Abschnitte unterteilt, in denen unterschiedlich Trainingsakzente gesetzt werden.

Vom Allgemeinen zum Speziellen

Für Marathonläufer liegt der Saisonhöhepunkt im Frühjahr oder Herbst. Die Trainingsabschnitte haben meist diese Abfolge: Nach der vorhergehenden Saison regeneriert man sich zunächst in einer etwa einmonatigen Übergangsperiode. Auf diese folgt ein mehrmonatiger Abschnitt, in dem das Training der allgemeinen Grundlagenausdauer im Vordergrund steht. Schließlich kommt in den letzten sechs bis acht Wochen vor dem Marathon eine Phase mit vermehrt wettkampfspezifischen Trainingseinheiten. Dabei gilt, je solider das Fundament der Grundlagenausdauer, desto besser steht die Leistungspyramide darauf!

Wintertraining für Marathonläufer

Nach einer langen Saison oder dem Herbstmarathon wird ein ambitionierter Läufer ein paar Wochen ruhiger treten und sich bei deutlich weniger Training physisch und psychisch ausruhen. Jetzt oder nie ist die richtige Zeit, die letzte Saison kritisch zu analysieren und sich Gedanken über einen gezielten Aufbau für das nächste Jahr zu machen. Das Wintertraining ist die Basis für die nächste Saison. Dabei liegt der Schwerpunkt auf der Grundlagenausdauer, dann erst wird auf Intensität trainiert. Jede Trainingsstufe schafft die Basis für die nächste. Das Fundament des späteren Erfolgs bildet das Ausdauertraining. Danach erst sollte die Spezialisierung auf die Hauptdisziplin Laufen erfolgen. Erst ganz zuletzt bereitet man sich mit wettkampfnahem Training auf das geplante Rennen vor.

Bei der aeroben Grundlagenausdauer soll keineswegs nur gelaufen werden. Gut geeignet und eine Abwechslung für Kopf und Muskeln sind Schwimmen, Radfahren, Ballspiele, Gymnastik, Zirkeltraining in der Halle und vor allem Skilanglauf. Nebenbei wird so auch Rückenbeschwerden vorgebeugt.

Die Basis

Wer sich also auf einen Frühjahrsmarathon Ende April/Anfang Mai vorbereiten will, sollte im November ausruhen und im Dezember den Schwerpunkt auf die aerobe Grundlagenausdauer legen. Die Devise ist: Im Winter nicht heizen, sondern die Betonung auf ruhige aerobe Dauerläufe im Bereich 65 bis 85 Prozent der maximalen Pulsfrequenz legen. Das Ziel ist hierbei, Kilometer zu sammeln. Die im Winter antrainierten Kilometer sind entscheidend für die ganze nächste Saison. Das unterschätzen selbst viele Spitzenläufer, die zu früh mit scharfem Training beginnen. Was nutzt die beste Laktattoleranz, wenn die viel wichtigere aerobe Ausdauer nur halb entwickelt ist? Nicht vergessen: Zwischen zwei bis drei Belastungswochen sollten immer einige Regenerationstage eingebaut werden.

Das Marathontraining im Jahresverlauf (hier Herbert Steffnys Saison 1987/88) zeigt Monate mit hohen Kilometerumfängen vor den Saisonhöhepunkten und ruhigere Erholungsphasen danach. Quelle: Steffny Run Fit Fun 97

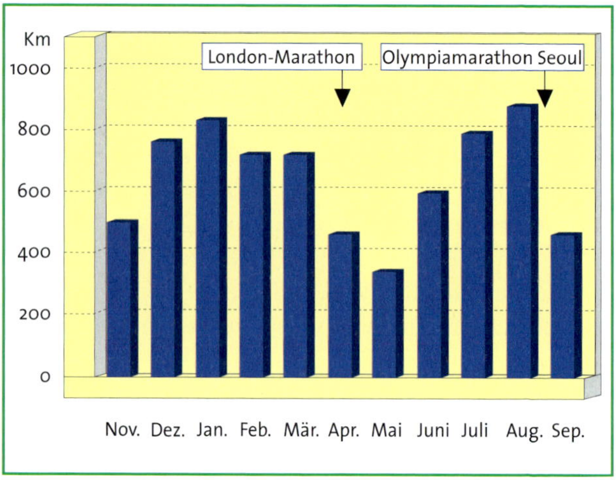

Geduld zahlt sich aus

Die Festigung von Sehnen, die Kapillarisierung und die Bildung von Mitochondrien sind notwendige, aber langwierige Anpassungsprozesse beim Grundlagenausdauertraining.

Die Anpassungen beim Grundlagenausdauertraining sind Wachstumsprozesse und brauchen daher Zeit. Dieser Trainingsblock ruft erst nach wenigstens acht bis zwölf Wochen im Körper die gewünschte Anpassung hervor. Muskeln lassen sich schnell auftrainieren, Sehnen wachsen aber nur langsam. Man braucht also nicht nur Ausdauer in den Beinen, sondern auch Geduld im Kopf, sonst kommt es schnell zu Überlastungen und Verletzungen. Dieser Trainingsabschnitt kann von Dezember bis Februar reichen. In dieser Zeit ist es nicht nur falsch, sondern wegen der Kälte sowieso schwierig und riskant, allzu viel Tempoarbeit durchzuführen.

Crosslauf gibt Power

Soll im Winter demnach nur lahm rumgejoggt werden? Keineswegs! Die Akzente müssen nur richtig gesetzt werden. Wer aber zu früh mit scharfem Tempolauf beginnt, entfacht ein Strohfeuer. Als Tempospritze sind von Dezember bis Februar zunehmend dem Gelände angepasste Fahrtspiele, gelegentliche Volkslauf- und Crosslaufwettkämpfe zu empfehlen. Vergessen Sie die Uhr, die sonst im Training so dominiert. Ein Crossläufer sucht die Herausforderung und den Kampf mit den Elementen und schult seine Willensstärke. Crosslauf erfordert ständige Konzentration, und der permanente Schrittwechsel unterbricht den Einheitstrott, ökonomisiert den Laufstil, schult die Koordination und zwingt taktisch zur Krafteinteilung. Durch Schnee, unterschiedliche Bodenbeschaffenheit, Sprünge und Geländeprofil werden auch zusätzliche Muskeln der Beine trainiert. Crosslauf schult Schnellkraft und Kraftausdauer und bietet so auch eine psychische Abwechslung. Crossläufe sind hervorragende Aufbaurennen für Marathon. Der Marathonolympiasieger Carlos Lopes, die Weltmeisterin Grete Waitz und die frühere Weltrekordlerin Ingrid Kristiansen glänzten als Crossweltmeister.

Bis in den Februar kann man ohne weiteres nebenbei noch z. B. Skilanglauf auch in Form eines Höhentrainings betreiben.

Das Crossfahrtspiel

Die Winterlaufserien mit Wald- und Straßenlauf können den Cross eigentlich nicht ersetzen. Vielleicht haben Sie jetzt Lust darauf bekommen? Zumindest sollten Sie zunächst ein Crossfahrtspiel pro Woche mit längeren und kürzeren flotten, aber nicht zu harten Tempopassagen über Stock und Stein einbauen. Suchen Sie sich eine ca. 1500 Meter lange Runde, in der alles drin ist, was herausfordert: kleinere Anstiege zum Klettern, sanft fallende und gerade Strecken für Steigerungen oder flottes Tempo, weichen Boden zum Wühlen, ein Hindernis zum darüber springen, Slalom um Parkbäume. Selbst ein Dauerlauf auf solch einer Runde ist schon fast ein Fahrtspiel. Darauf kann man je nach Leistungsvermögen spielerische Intervalle laufen, z. B. dreimal eine Runde,

Crosslauf schult die Willenskraft: Wer sich vor schweren Aufgaben drückt, hat auch jenseits Kilometer 30 im Marathon eine faule Ausrede parat, wenn es so richtig hart wird!

in der nächste Woche etwas langsamer dreimal zwei Runden. Alle zwei bis drei Wochen kann die Teilnahme an einem richtigen Crosswettkampf hinzukommen.

Im Spätwinter – Intervalltraining

Gelegentlich kann der Marathonläufer auch im Winter an milden Tagen flottere Dauerläufe und flache Langintervalle wie dreimal 3000 Meter im derzeit möglichen Marathontempo einbauen oder an einem Straßenlauf teilnehmen. Jüngere Läufer können alle paar Wochen auch Programme wie 10-mal 400 Meter oder 5-mal 1000 Meter im derzeit möglichen 10-Kilometer-Tempo einbauen. Jede Woche sollte ein langer, aber langsamer Lauf absolviert werden, der im März bereits über zwei Stunden erreichen soll. Nachdem man bis Anfang März die Grundlagen- und Kraftausdauer maximal gesteigert hat und das Wetter milder wird, konzentriert man sich in den letzten sechs bis acht Wochen auf Tempoläufe.

Die Tempodauerläufe sollten flott, aber locker gerannt und keinesfalls »geprügelt« werden.

Die heiße Phase vor dem Marathon

Hatten Wettkämpfe bisher nur Vorbereitungscharakter, so sollte man sich nun ernsthaft dem speziellen Marathontraining widmen. Das bedeutet, dass mehr aerobe Tempodauerläufe gerannt werden sollten oder Intervalle wie 5-mal 2000 Meter, 4-mal 3000 Meter oder später sogar 3-mal 5000 Meter im Marathontempo. Der lange Lauf ist nun Routine und kann gelegentlich auch schneller im Rahmen eines Halbmarathonrennens eingeplant werden. Hüten Sie sich aber jetzt vor zu vielen Wettkämpfen! Basistraining bleibt auch jetzt zwischen Leistungstagen der ruhige regenerative Dauerlauf. Drei bis vier Wochen vor dem Marathon erfolgt ein Halbmarathontest, den man mit voller Kraft laufen sollte. Das Training wird einige Tage vorher und eine Woche danach reduziert. Jetzt können Sie Ihr mögliches Marathonresultat realistisch hochrechnen. In den letzten Wochen laufen Sie weniger Kilometer. Der letzte lange, langsame Lauf soll spätestens eine Woche vor dem Marathon erfolgen. Die letzte Woche ruht man aus und joggt nur ein bisschen.

Ein vorgezogener separater Block mit 3000- bis 10 000-Meter-Rennen im Mai bis Ende Juni vor dem Umstieg in das typische Marathontraining kann sehr Erfolg versprechend für den Herbstmarathon sein.

Vorbereitung auf den Herbstmarathon

Die Vorbereitung auf einen Herbstmarathon erfolgt prinzipiell ähnlich. Zur Verbesserung der allgemeinen aeroben Ausdauer und Kraftausdauer kann man im Sommer neben dem Lauftraining zunächst unspezifische Einheiten auf dem Straßenrennrad oder Mountainbike einstreuen. Berglaufen in Kombination mit einem Höhentraining ist eine prima Ergänzung und kann den winterlichen Crosslauf ersetzen. Schnelle Bahnwettkämpfe oder scharfe Straßenläufe über kurze Distanzen sollten nicht zu viel in den letzten zwei Monaten vor dem Marathon gelaufen werden.

Das Laufen in den Bergen ist ein optimales Vorbereitungstraining für den Marathon.

Der Countdown zum Marathon

Die heiße Phase ist eingeläutet. Sie haben sich monate- oder jahrelang viele Trainingskilometer zusammengelaufen. Doch gerade in den letzten 14 Tagen kann noch viel schief gehen. Die nachfolgenden Tipps sollen Misserfolge verhindern.

Die vorletzte Woche

Der Kilometerumfang geht bereits deutlich runter. Das Ausruhen wird mit dem letzten Schliff kombiniert. Jetzt gilt es, sehr umsichtig zu planen und zu trainieren:

Vorsicht: Eine Verletzung oder Grippe in den letzten Wochen vor dem Marathon wäre fatal!

- Gegenüber den Vorwochen sollte der Trainingsumfang um ein Drittel reduziert werden.
- In der Wochenmitte, zehn Tage vor dem Marathon, sollte eine letzte härtere Einheit exakt im Marathontempo erfolgen, damit sich der Läufer nochmals an die Renngeschwindigkeit gewöhnt.
- Diese Einheit wie 3-mal 5000 Meter sollte als Generalprobe unter wettkampfnahen Bedingungen durchgeführt werden: Wettkampfschuh, Trikot, flacher Asphalt, wenn möglich zur Wettkampfzeit etc.
- Am Wochenende sollte der letzte längere Lauf durchgeführt werden. Dieser ist aber nur noch 20 bis 25 Kilometer lang und muss sehr ruhig gelaufen werden.

Die letzte Woche

Auch wenn es nach zehn bis zwölf Wochen erhöhten Trainingsumfangs schwer fällt: »In der Ruhe liegt die Kraft!« Keine Angst, eine Woche locker treten bringt keinen Leistungsverlust, im Gegenteil! Wer jetzt noch viel trainiert, kann kurz vor Schluss alles kaputt machen!

- Den Trainingsumfang in der letzten Woche nochmals halbieren

- Lockeres kürzeres Jogging unter einer Stunde
- Wenn möglich zur Wettkampfzeit trainieren
- Ein paar lockere Steigerungen in den Läufen einbauen
- Vermehrt Dehnungsgymnastik einplanen
- Mehr Ruhezeiten ermöglichen und Beine hochlegen
- Für vollwertige Ernährung sorgen, die umstrittene Saltin-Diät jedoch nur als erfahrener Läufer mit Ochsenmagen ausprobieren
- Keinen Stress aufkommen lassen, berufliches und privates Umfeld befrieden
- Eine notwendige Anreise rechtzeitig planen: bei Zeitzonenwechsel mindestens drei Tage vorher, denn für je zwei Stunden Zeitumstellung rechnet man mit einem Tag Anpassung
- Bei Zeitzonen- und Klimazonenwechsel zur Anpassung besser eine Woche zuvor anreisen
- Bei Flugreisen besser kein Risiko eingehen und Laufschuhe, Socken und Trikot im Handgepäck mitführen (wie die Profiläufer)
- Mittwochs vor dem Marathon eventuell noch ein vorsichtiges Intervalltraining wie 3-mal 1000 Meter im Marathontempo laufen (nicht schneller!)
- Fußnägel rechtzeitig schneiden

Durch die Erholung aller biologischen Systeme (Superkompensation) wird der Körper überhaupt erst richtig locker und leistungsbereit!

Die letzten drei Tage

Jetzt nur nichts mehr auf die letzte Minute anbrennen lassen. Das Training ist beendet. Jetzt muss die Ausrüstung zusammengestellt werden (siehe Seite 18ff.).

- Der Anteil der Kohlenhydrate muss deutlich erhöht werden, um die Glykogendepots aufzufüllen.
- Reichlich trinken ist wichtig (keinen Alkohol).
- Die Streckenbesichtigung muss einplant werden.
- Holen Sie Startnummer und Zeitmess-Chip zeitig ab.
- Sorgen Sie in der vorletzten Nacht für viel Schlaf.

Obst, Gemüse, Kartoffeln, Brot, Reis, Pasta (ohne fette Saucen) füllen die Glykogendepots auf.

Freitags kann das Jogging ausfallen und durch einen kleinen Stadtbummel ersetzt werden.

- Wer möchte, sollte spätestens Freitag zur Regeneration in die warme Badewanne, ins Thermalbad oder in die Sauna gehen; später geht dabei die Muskelspannung verloren.

Der Tag vorher

Spätestens am letzten Tag steigt die Nervosität. Jetzt nur keinen Fehler machen! Eine kontrollierte Vorbereitung kann unnötigen Stress vermeiden:

- Bei kurzfristiger Anreise möglichst bald die Startunterlagen abholen.
- Am Vortag höchstens eine halbe Stunde Jogging mit ein paar Steigerungen, wenn möglich auf dem Endstück der Strecke, damit man dort keine Überraschungen mehr erlebt.
- Gehen Sie den organisatorischen Ablauf nochmals in Ruhe durch: Wann muss man eigentlich wo sein?

Zum organisatorischen Ablauf gehört nicht nur die Frage, wie man an den Start kommt (zu Fuß, mit der Straßenbahn, dem Taxi oder dem eigenen Fahrzeug), sondern auch, wie man vom Ziel wieder zurückkommt.

- Sprechen Sie soweit möglich mit Freunden, Familie ein Betreuungssystem durch (Kleidung, Getränk, Zwischenzeiten, Aufmunterung, Abholung usw.).
- Gehen Sie nochmals die Renntaktik durch: gleichmäßige Zwischenzeiten auf ein realistisches Ziel ausrechnen und eventuell mit wasserfestem Stift auf den Arm oder die Startnummer schreiben, möglicherweise auch die Uhr mit Timerfunktion programmieren, wenn das Gepiepse unterwegs nicht nervt.
- Verfolgen Sie den Wetterbericht.
- Denken Sie positiv, aber realistisch. Rufen Sie sich nochmals ab, was Sie dem »inneren Schweinehund« nach Kilometer 30 sagen werden!
- Legen Sie alles zusammen, was Sie brauchen (Schuhe, Trikot, Socken etc.).
- Befestigen Sie schon die Startnummer am Trikot und eventuell den Chip am Schuh.

- Genießen Sie in Ruhe die Pasta- oder Kartoffelparty.
- Ein Bier kann der Beruhigung dienen, mehr schadet.
- Planen Sie vielleicht am Abend etwas Ablenkendes, was aber keinen Stress mehr bereitet.
- Gehen Sie nicht zu spät ins Bett.
- Stellen Sie sich den Wecker, sichern Sie sich mit Weckdienst durch Freunde oder Hotel zusätzlich ab. Bedenken Sie die Sommerzeitumstellung, die im Frühjahr und Herbst am Wochenende vorkommen kann.

Die Pasta- oder Kartoffelparty, die traditionell am Nachmittag oder Abend vor einem Marathon von den Läufern gemeinsam gefeiert wird, dient dazu, die Glykogendepots aufzufüllen. Wichtig ist dabei, alle fetten Saucen zu meiden, sonst bekommen Sie zwar Kalorien, aber zu wenig Kohlenhydrate!

Der Morgen davor

Jetzt gilt es, es gibt kein Zurück mehr. Wie der Delinquent zur Guillotine, schleicht der Marathonläufer früh morgens zum Frühstück und danach gefasst zum Start.

- Stehen Sie wenigstens drei Stunden vor dem Start auf.
- Checken Sie Wetter und Wetterbericht, passen Sie Renntempo und Kleidung nochmals an.
- Ziehen Sie Ihr Trikot, Wettkampfschuhe, Socken, Chip, Schweißband usw. schon an. So können Sie nichts mehr vergessen.
- Essen Sie eine letzte leichte kohlenhydrathaltige Mahlzeit zwei bis drei Stunden vor dem Start. Meiden Sie alles, was Sie nicht zuvor schon einmal vor einem Rennen oder Training ausprobiert haben. Empfehlenswert sind Banane, zarte Haferflocken, Brot mit Honig, vielleicht dünn mit Butter bestrichen.
- Reiben Sie empfindliche Stellen (Füße, Reibestellen unter den Armen, zwischen den Beinen, »Wolf«) sorgfältig mit Vaseline ein, und verpflastern Sie die Brustwarzen.
- Denken Sie nochmals an Ihren »Lauffahrplan«, nehmen Sie sich vor, nicht zu schnell loszulaufen.
- Gehen Sie rechtzeitig zum Start, bedenken Sie mögliche Verkehrssperrungen usw.

▶ Nehmen Sie ein altes T-Shirt und eine Trainingshose mit, die Sie für die Altkleidersammlung zurücklassen können, um sich vor dem Start warm zu halten.

▶ Nehmen Sie in einer Plastikflasche etwas zu trinken und Toilettenpapier für alle Fälle mit.

Das letzte Stündchen schlägt

Joggen Sie sich langsam ein wenig warm, bei Wärme reichen fünf bis zehn Minuten, wenn es kalt ist, höchstens doppelt so lange. Studieren Sie dabei, wo das erste, eventuell das zweite Kilometerschild ist, dann können Sie auch später im Renngetümmel schon frühzeitig Ihre Zwischenzeiten überprüfen.

Achtung: Nehmen Sie sich vor dem Start nochmals vor, nicht zu schnell loszulaufen.

▶ Dehnen Sie sich ein wenig, und laufen Sie ein paar lockere Steigerungen.

▶ Trinken Sie Wasser. Wenn Sie gleich wieder auf die Toilette müssen, sind Sie ausreichend hydriert.

▶ Gehen Sie rechtzeitig 10 bis 15 Minuten vor dem Start in den Block, der Ihrer realistisch geplanten Laufzeit entspricht.

▶ Machen Sie eine festen (Doppel-)Knoten auf den Schuh, schnüren Sie ihn aber nicht zu eng.

Laufen Sie unbedingt Ihr eigenes Tempo, denn beim Marathon gilt oft: Die Ersten werden die Letzten sein.

- Essen Sie auf keinen Fall Traubenzucker oder ähnlich Süßes in der letzten Stunde vor dem Start, das könnte den Zuckerhaushalt stören.
- Schlucken Sie auch kein Magnesium oder andere Mittel kurz vor dem Start, nur weil irgendein Wichtigtuer das empfiehlt. Das kann wörtlich in die Hose gehen.
- Laufen Sie nur in einer Gruppe mit, wenn Sie sich sicher sind, was die anderen Läufer wirklich vorhaben. Sie sind nicht der Sparringpartner für andere.
- Kippen Sie sich bei Wärme vor dem Start den Rest Wasser aus Ihrer Flasche zur Kühlung über den Kopf.
- Kurz vor dem Startschuss denken Sie nochmal: »Gleich geht die Horde los, ich werde n i c h t zu schnell loslaufen!«
- Konzentrieren Sie sich darauf, im Gewühl nicht zu Fall zu kommen.
- Drücken Sie mit dem Startschuss Ihre Uhr ab und nochmals, wenn Sie die Startlinie passieren, denn die Kilometerzwischenzeiten gelten natürlich erst ab der Startlinie! Viel Glück!

Viele werden kurz vor dem Start nochmals nervös, lassen Sie sich nicht beirren! Sie haben Ihre Hausaufgaben schon frühzeitig gemacht.

Danach ruhig angehen lassen

Nach monatelangem intensivem und umfangreichem Training sollte man nach dem Marathon zur physischen und psychischen Erholung ein wenig Urlaub einplanen. Die Regeneration kann mehrere Wochen dauern. Muskelfasern, der Bewegungsapparat, das Hormon- und Immunsystem können angeschlagen sein. Wer jetzt ohne Pause weitertrainiert, wird bald ausgelutscht sein. Noch am selben Tag kann man zur besseren aktiven Erholung ein wenig spazieren gehen. Dehnen Sie bei starkem Muskelkater nur vorsichtig. Besser ist ein warmes Wannenbad oder Schwimmen. Gesunde Ernährung ist nun besonders wichtig, wie wir noch sehen werden.

Die Woche nach dem Marathon sollte man vielleicht nur dreimal zwischen einer halben und einer Stunde ruhig joggen. Radfahren wäre ein idealer Umstieg.

Die Marathon-trainingspläne

Marathon ist das »Matterhorn des kleinen Mannes«. Er ist eine echte Herausforderung, und für viele ist der Wunsch, einen Marathon zu laufen, der Anlass für ein jahrelanges Fitnesstraining. Mit einer entsprechenden Vorbereitung kann dieser Traum in Erfüllung gehen, aber es wird kein Kinderspiel werden.

Bei der »Mauer« oder dort, wo der »Mann mit dem Hammer« steht, haben diejenigen, die das Rennen zu schnell loslaufen, ihre Glykogenreserven vorzeitig aufgebraucht.

Mit Geduld durch die Mauer

Marathon ist nichts für Ungeduldige. Jahrelanges Training zahlt sich aus. Der Körper braucht Monate bis Jahre für viele Anpassungen und die notwendige orthopädische Stabilität. Geduld und Disziplin braucht man aber auch im Rennen, denn wer zu schnell beginnt, wird in die gefürchtete »Mauer« reinlaufen. Die Fettverbrennung allein kann dieselbe Menge Energie zur Aufrechterhaltung der Geschwindigkeit nicht liefern, da sie hierfür mehr Sauerstoff als der Kohlenhydratstoffwechsel benötigt. Zunächst beschleunigt sich zwar die Atmung, aber letztlich sinkt das Tempo umso mehr ab, je schlechter zuvor der Fettstoffwechsel trainiert wurde.

Das richtige Marathonrezept

Elitemarathonläufer erreichen ihren Zenit selten vor fünf Jahren Langstreckentraining.

Während ein Halbmarathon noch aus dem Training für zehn Kilometer einigermaßen zu laufen ist, benötigt die 42,195-Kilometer-Distanz wegen der begrenzten Glykogenvorräte besondere Trainingsmethoden. Die lange Strecke fordert ihren Tribut: Lange Läufe, langsameres durchschnittliches Trainingstempo und erhöhter Trainingsumfang charakterisieren das Marathontraining. Der Anteil des Tempotrainings spielt eine geringere Rolle als beim 10 000-Meter-Lauf. Nur rund fünf Prozent werden im Wettkampftempo und schneller gelaufen. Ruhige Dauerläufe sind nichts Spektakuläres, dennoch sind fleißiges Kilometersammeln und längere Läufe die entscheidenden Grundlagen für den Marathon.

Einzelne Vorbereitungsrennen über zehn Kilometer und Halbmarathon dienen der wettkampfspezifischen Vorbereitung des Marathon. Im Vordergrund stehen ruhige aerobe Dauerläufe zur Vergrößerung des Glykogendepots und zum Training des Fettstoffwechsels.

Marathonplan für blutige Einsteiger

Es kann einem Debütanten nicht deutlich genug gesagt werden: Das einzige Ziel für den ersten Marathon ist es anzukommen! Die Zeit ist zweitrangig. Wenn man beim ersten Mal gut durchkommt, hat man beim zweiten Versuch genug Erfahrung, um schneller zu laufen.

Marathon beschließt man nicht bei einer Bierhauswette drei Wochen vor dem Rennen. Ausgehend von einer wenigstens ein-, besser zweijährigen regelmäßigen Ausdauerbasis mit drei bis vier Laufeinheiten und 30 bis 40 Kilometern pro Woche, beginnt die spezielle Vorbereitung zehn Wochen vor dem Marathon. Die Voraussetzungen dafür sind: Man sollte schon rund 20 Kilometer locker am Stück laufen können. Die überflüssigen Pfunde sollten bereits auf ein Mindestmaß reduziert sein. Ein sporterfahrener Arzt sollte grünes Licht geben. Der Trainingsumfang wird nun schrittweise gesteigert. Spätestens jetzt sollte man sich ordentliche Laufschuhe leisten, denn das erhöhte Training bedeutet auch erhöhten orthopädischen Stress. Ausreichend Schlaf, gute Ernährung und Gymnastik sind trainingsbegleitend notwendig. Man sollte sich auch bewusst sein, dass man in den nächsten zwei Monaten etwas mehr Zeit in das Ziel investieren muss. Gut wäre es, wenn man gleich gesinnte Läufer ähnlicher Leistungsstärke finden kann, die einen nicht als Sparringpartner missbrauchen.

Den ersten Marathon gut auswählen

Für den ersten Marathon sollte man eine Strecke aussuchen, die vom Streckenprofil und voraussichtlichen Wetter keine unerwarteten Schwierigkeiten birgt. Bestes Marathonwetter ist im Frühjahr und Herbst, wenn es weder zu kalt noch zu heiß ist. Die großen Citymarathons sind in der Regel hervorragend organisiert, das Gedränge und der Rummel liegen aber nicht jedem. Hier kann ein Debüt bei einem kleinen Marathon in der Provinz empfehlenswerter sein. Andererseits kann ein Citymarathon Seite an Seite mit Tausenden von Mitstreitern vor Hunderttausenden applaudierenden Zuschauern ein motivierendes, kurzweiliges Rauscherlebnis werden. Eine Strecke unweit der Heimat lockt eher unterstützende Freunde und Familienmitglieder an die Strecke als ein Exotenrennen. Hier kommt möglicherweise Reisestress, Jetlag, Essens- und Klimaumstellung erschwerend hinzu.

Ziel der immer länger werdenden Läufe ist die Vergrößerung des Glykogendepots, Fettstoffwechseltraining, orthopädische Gewöhnung und auch die Angst vor der langen Strecke zu verlieren.

Der lange Lauf

Neben dem erhöhten wöchentlichen Trainingsumfang ist der lange Lauf das wichtigste Trainingselement. Am besten sucht man eine flache Strecke mit ebenem Waldboden und vermessenen Kilometerabschnitten. Die Kontrolle und gleichmäßige Einteilung des Trainingstempos fällt dadurch leichter. Das Tempo sollte mit 65 bis 70 Prozent des Maximalpulses deutlich langsamer als bei kürzeren Dauerläufen sein. Wer sich zwei Wochen zuvor vorsichtig bis auf 30 Kilometer an die Marathondistanz herangearbeitet hat, der wird mit Ausruhen und vom Adrenalin beflügelt am Wettkampftag die letzten zwölf Kilometer auch noch schaffen. Noch längere Läufe bergen für den Marathoneinsteiger zu hohe or-

10 Wochen Rahmen-Trainingsplan für Einsteiger

1. Woche (45 km)	Mo		–	–
	Di		DL 60 min 6:45	9
	Mi		–	–
	Do	➜	flotter DL 5 km 6:00	10
	Fr		–	–
	Sa		DL 40 min 6:30	6
	So	✖	lgDL 20 km 6:45	20
2. Woche (48 km)	Mo		–	–
	Di		DL 40 min 6:45	6
	Mi		–	–
	Do	➜	flotter DL 7 km 6:00	10
	Fr		–	–
	Sa		DL 70 min 6:45	10
	So	✖	lgDL 22 km 6:45	22
3. Woche (42 km)	Mo		–	–
	Di	I	3 x 1000 m 5:40 (Pause 4 min)	10
	Mi		–	–
	Do		DL 70 min 6:45, Steigerungen	10
	Fr		–	–
	Sa		DL 40 min 6:45	6
	So	➜	**10-km-Test (Ziel unter 60:00)**	16
4. Woche (46 km)	Mo		–	–
	Di		DL 40 min 6:45	6
	Mi		–	–
	Do		DL 60 min locker, wellig – bergig	9
	Fr		–	–
	Sa		DL 40 min 6:45	6
	So	✖	lgDL 25 km 6:45	25
5. Woche (37 km)	Mo		–	–
	Di		DL 40 min 6:45	6
	Mi		–	–
	Do		DL 70 min 6:45, Steigerungen	10
	Fr		–	–
	Sa		Jogging 30 min, Steigerungen	4
	So	➜	**10-km-Test (Ziel ca. 55:00)**	17

Abkürzungen/Symbole: MT = Marathontempo, DL = Dauerlauf, lgDL = langer Dauerlauf,
● *= Intervalltraining, Wiederholungsläufe,* ✖ *= langer Dauerlauf,* ➜ *= Tempodauerlauf/Wettkampf*

10 Wochen Rahmen-Trainingsplan für Einsteiger

6. Woche (54 km)	Mo		–	–
6	Di		70 min DL 6:45	10
	Mi		–	–
	Do		70 min DL 6:45	10
	Fr		–	–
	Sa	✖	DL 28 km 6:45	28
	So		DL 40 min 6:45	6
7. Woche (51 km)	Mo		–	–
7	Di	●	3 x 2000 m 11:50 (Pause 6 min)	12
	Mi		–	–
	Do		DL 60 min 6:45	9
	Fr		–	–
	Sa		Jogging 30 min, Steigerungen	4
	So	✖ →	**Halbmarathontest (Ziel ca. 2:10)**	26
8. Woche (55 km)	Mo		–	–
8	Di		DL 40 min 6:45	6
	Mi		–	
	Do		DL 90 min 6:45	13
	Fr		–	–
	Sa		DL 40 min 6:45	6
	So	✖	lgDL 30 km 6:45	30
9. Woche (47 km)	Mo		–	
9	Di		DL 40 min 6:45	6
	Mi		–	–
	Do	●	MT 3 x 3000 m 19:30 (Pause 8 min)	15
	Fr		–	–
	Sa		DL 40 min 6:45	6
	So	✖	lgDL 20 km 6:45, Steigerungen	20
10. Woche (62 km)	Mo		–	–
10	Di		DL 60 min 6:45	9
	Mi			–
	Do		DL 40 min 6:45, Steigerungen	6
	Fr		–	–
	Sa		DL 20 min 6:45, Steigerungen	3
	So	✖ →	**Marathon, Zielzeit 4:45 Std.**	44

In der letzten Spalte stehen die Tageskilometer. Sie beinhalten an Tagen mit Intervalltraining, Tempoläufen und Wettkämpfen zusätzlich auch das langsame Ein- und Auslaufen.

thopädische Risiken. Der beste Zeitpunkt für einen langen Lauf ist am Wochenende, wo man mehr Zeit zur Erholung hat. Unterwegs sollte unbedingt getrunken werden, da die Wasserverluste hoch sein können. Danach sollte das Glykogendepot möglichst rasch aufgefüllt werden.

Aufbauwettkämpfe und Testrennen

Wenn der geplante Marathon auf Asphalt stattfindet, sollten die Testwettkämpfe ebenfalls Straßenläufe sein.

Nicht wenige laufen Marathon fälschlicherweise ohne vorherige Vorbereitungsrennen. Bei Testläufen bzw. Aufbaurennen über zehn Kilometer und Halbmarathon sammelt der Marathoneinsteiger erste Wettkampferfahrungen. Er gewöhnt sich an die gleichmäßige Renneinteilung nach Zwischenzeiten, die Getränkeaufnahme während des Laufs und erhält Aufschluss über die anzustrebende Marathonendzeit. Je nach Ihrer Ausgangsbasis können Sie den Plan für Marathoneinsteiger (10-Kilometer-Zeit etwa bei 55 Minuten) bis hin zum Plan für unter 4:00 Stunden (10-Kilometer-Zeit bei etwa 47 Minuten) befolgen. Wer schon Marathonerfahrung hat, kann die Vier-Stunden-Grenze auch mit einer 10-Kilometer-Zeit von etwa 50 Minuten knacken. Die Tageskilometerangaben in der letzten Spalte der Pläne beinhalten bei Intervalltraining, Tempoläufen oder Wettkämpfen auch das Ein- und Auslaufen.

In 10 Wochen Marathon unter 3:30 Stunden

Wer eine Marathonzeit um oder unter 3:30 Stunden anstrebt, sollte über zehn Kilometer wenigstens 45:00 Minuten laufen. Damit sind unter optimalen Bedingungen (Wetter, Taktik, Streckenverlauf) 3:30 Stunden erreichbar, allerdings nicht beim ersten Marathon. Für das Debüt sollte man bei dieser Vorleistung zunächst 3:45 bis 3:50 Stunden anstreben. Ein Neuling müsste we-

nigstens 42 Minuten auf zehn Kilometer oder 1:32 Stunden auf Halbmarathon schaffen, um gleich beim ersten Mal 3:30 Stunden anzugreifen.
Der 3:30-Marathonläufer startet mit einem Ausgangsniveau von viermal Training mit ca. 45 bis 50 Kilometer pro Woche. Er kann in seinem vorhergehenden Training bereits um die 20 Kilometer am Stück laufen. Er ist in der Regel zumindest auf kürzeren Distanzen schon wettkampferfahren.

Joschka Fischer befolgte 1998 in Grundzügen diesen 3:30er-Plan. Dieser wurde aber von seinem Trainer Herbert Steffny den Gegebenheiten seines politischen Alltags angepasst. Er hatte eine Halbmarathonvorleistung von 1:37 Stunden. Im April 1998 lief er damit bei seiner Marathonpremiere in Hamburg gute 3:41 Stunden.

Vorsichtig steigern

In den letzten zehn Wochen vor dem Marathon sollte das Pensum im Durchschnitt auf 60 bis 70 Kilometer in vier Einheiten pro Woche gesteigert werden. Wer mehr Zeit zur Verfügung hat, kann gelegentlich auch eine zusätzliche fünfte ruhige Einheit (z.B. 40 Minuten Jogging) oder Radfahren hinzufügen.
In der ersten bis vierten Woche wird zunächst der Trainingsumfang auf 60 bis 70 Kilometer pro Woche gesteigert. Gleichzeitig wird der sonntägliche lange, ruhige Dauerlauf stufenweise auf 30 Kilometer verlängert. In der achten Woche werden 32 Kilometer absolviert, wobei der 10-Kilometer-Abschnitt von 20 auf 30 Kilometer schneller gelaufen wird. Der flotte Dauerlauf verlängert sich von zunächst 8 auf 15 Kilometer in der sechsten Woche. Das Marathontempo wird erst in kurzen Intervalleinheiten trainiert, die sich bis zur neunten Woche auf 5-Kilometer-Abschnitte verlängern. Die kürzeren 1000-Meter-Intervalle trainieren überlappend die zehn Kilometer Unterdistanz. Der 10-Kilometer- und der Halbmarathontest sind harte Tempoläufe zur Formüberprüfung. Zudem gewöhnt man sich an das Laufen auf Asphalt und kann die Getränkeaufnahme an Wasserstationen üben.

In 10 Wochen zum Marathon unter 4:00 Stunden

Woche	Tag	Symbol	Training	km
1. Woche (47 km)	Mo		–	–
	Di		DL 60 min 6:20	9
	Mi		–	–
	Do	➜	flotter DL 5 km 5:45	10
	Fr		–	–
	Sa		DL 40 min 6:20	6
	So	✖	lgDL 22 km 6:20	22
2. Woche (53 km)	Mo		–	–
	Di		DL 60 min 6:20	9
	Mi		–	–
	Do	➜	flotter DL 7 km 5:45	10
	Fr		–	–
	Sa		DL 70 min 6:20	10
	So	✖	lgDL 24 km 6:20	24
3. Woche (44 km)	Mo		–	–
	Di	●	3 x 1000 m 5:00 (Pause 4 min)	10
	Mi		–	–
	Do		DL 80 min 6:20, Steigerungen	12
	Fr		–	–
	Sa		DL 40 min 6:20	6
	So	➜	**10-km-Test (Ziel um 52:00)**	16
4. Woche (56 km)	Mo		–	–
	Di		DL 60 min 6:20	9
	Mi		–	–
	Do		DL 70 min locker, wellig – bergig	11
	Fr		-	-
	Sa		DL 60 min 6:20	9
	So	✖	lgDL 27 km 6:20	27
5. Woche (40 km)	Mo		–	–
	Di		DL 60 min 6:20	9
	Mi		–	–
	Do		DL 70 min 6:20, Steigerungen	10
	Fr		–	–
	Sa		Jogging 30 min, Steigerungen	4
	So	➜	**10-km-Test (Ziel um 50:00)**	17

Die Tageskilometer beinhalten bei Wettkämpfen, Intervall- oder Tempotraining auch das Ein- und Auslaufen! Abkürzungen/Symbole: MT = Marathontempo, DL = Dauerlauf, lgDL = langer Dauerlauf, ● = Intervalltraining, Wiederholungsläufe, ✖ = langer Dauerlauf, ➜ = Tempodauerlauf/Wettkampf

In 10 Wochen zum Marathon unter 4:00 Stunden

6. Woche (59 km)	Mo		–	–
	Di		DL 70 min 6:20	10
	Mi		–	–
	Do		DL 70 min 6:20	10
	Fr		–	–
	Sa	✖	lgDL 30 km 6:20	30
	So		DL 60 min 6:20	9
7. Woche (54 km)	Mo		–	–
	Di	●	3 x 3000 m 15:45 (Pause 8 min)	15
	Mi		–	–
	Do		DL 60 min 6:20	9
	Fr		–	–
	Sa		Jogging 30 min, Steigerungen	4
	So	✖ →	**Halbmarathontest (Ziel ca. 1:51)**	26
8. Woche (61 km)	Mo		–	–
	Di		DL 60 min 6:20	9
	Mi		–	–
	Do		DL 90 min 6:20, Steigerungen	14
	Fr		–	–
	Sa		DL 40 min 6:20	6
	So	✖	lgDL 32 km 6:20	32
9. Woche (49 km)	Mo		–	–
	Di		DL 40 min 6:20	6
	Mi		–	–
	Do	●	MT 3 x 4000 m 22:16 (Pause 9 min)	17
	Fr		–	–
	Sa		DL 40 min 6:20	6
	So	✖	lgDL 20 km 6:20, Steigerungen	20
10. Woche (62 km)	Mo		–	–
	Di		DL 60 min 6:20	9
	Mi		–	–
	Do		DL 40 min 6:20, Steigerungen	6
	Fr		–	–
	Sa		DL 20 min 6:20, Steigerungen	3
	So	✖ →	**Marathon, Zielzeit 3:55 Std.**	44

In der letzten Spalte stehen die Tageskilometer. Sie beinhalten an Tagen mit Intervalltraining, Tempoläufen und Wettkämpfen zusätzlich auch das langsame Ein- und Auslaufen.

In 10 Wochen zum Marathon unter 3:30 Stunden

Woche	Tag	Symbol	Training	km
1. Woche (56 km)	Mo		–	–
	Di	●	MT 4 x 1500 m 7:30 (Pause 3 min)	12
	Mi		–	–
	Do		DL 60 min 5:50	10
	Fr		–	–
	Sa	➔	flotter DL 8 km 5:15	12
	So	✖	lgDL 22 km 6:00	22
2. Woche (62 km)	Mo		–	–
	Di	●	3 x 1000 m 4:25 (Trabpause 400m)	10
	Mi		DL 70 min 6:00	12
	Do		–	–
	Fr	➔	flotter DL 10 km 5:15	15
	Sa		–	–
	So	✖	lgDL 25 km 6:00	25
3. Woche (65 km)	Mo		–	–
	Di	●	MT 5 x 2000 m 10:00 (Pause 5 min)	15
	Mi		–	–
	Do		DL 90 min 6:00	18
	Fr		–	–
	Sa		Jogging 35 min 6:20	5
	So	✖	lgDL 27 km 6:00	27
4. Woche (70 km)	Mo		–	–
	Di		DL 70 min 5:45	12
	Mi		–	–
	Do	➔	flotter DL 12 km 5:15	17
	Fr		–	–
	Sa		Jogging 70 min 6:20	11
	So	✖	lgDL 30 km 6:00	30
5. Woche (46 km)	Mo		–	–
	Di	●	5 x 1000 m 4:30 (Trabpause 400 m)	12
	Mi		DL 70 min 5:50	12
	Do		–	–
	Fr		–	–
	Sa		Jogging 30 min, Steigerungen	5
	So	➔	**10-km-Test (Ziel um 45:00)**	17

Die Tageskilometer beinhalten bei Wettkämpfen, Intervall- oder Tempotraining auch das Ein- und Auslaufen! Abkürzungen/Symbole: *MT = Marathontempo, DL = Dauerlauf, lgDL = langer Dauerlauf,* ● *= Intervalltraining, Wiederholungsläufe,* ✖ *= langer Dauerlauf,* ➔ *= Tempodauerlauf/Wettkampf*

In 10 Wochen zum Marathon unter 3:30 Stunden

Woche	Tag		Training	km
6. Woche (78 km)	Mo		–	–
	Di		DL 60 min 6:00	10
	Mi		–	–
	Do		DL 90 min 6:00, Steigerungen	18
	Fr	➜	flotter DL 15 km 5:15	20
	Sa		–	–
	So	✖	DL 30 km 5:50	30
7. Woche (60 km)	Mo		–	–
	Di	●	MT 4 x 3000 m 15:00 (Pause 7 min)	17
	Mi		DL 60 min 6:00	10
	Do		–	–
	Fr		–	–
	Sa		Jogging 30 min, Steigerungen	5
	So	✖ ➜	**Halbmarathontest (Ziel 1:40)**	28
8. Woche (68 km)	Mo		–	–
	Di		Jogging 60 min 6:20	9
	Mi		–	–
	Do		DL 90 min 5:50	16
	Fr		–	–
	Sa		Jogging 70 min 6:20	11
	So	✖ ➜	lgDL 32 km 5:50 (darin 10 km in 5:15)	32
9. Woche (63 km)	Mo		–	–
	Di		DL 60 min 6:00	10
	Mi		–	–
	Do	●	MT 3 x 5000 m 25:00 (Pause 12 min)	20
	Fr		–	–
	Sa		DL 50 min 6:00	8
	So	✖	lgDL 25 km 6:10, Steigerungen	25
10. Woche (72 km)	Mo		–	–
	Di		DL 60 min 6:00	10
	Mi	●	MT 3 x 1000 m 5:00 (Pause 3 min)	8
	Do		Jogging 30 min 6:20, Steigerungen	5
	Fr		–	–
	Sa		Jogging 30 min 6:20, Steigerungen	5
	So	✖ ➜	Marathon, Zielzeit 3:29 Std.	44

In der letzten Spalte stehen die Tageskilometer. Sie beinhalten an Tagen mit Intervalltraining, Tempoläufen und Wettkämpfen zusätzlich auch das langsame Ein- und Auslaufen.

In 10 Wochen zum Marathon unter 3:15 Stunden

Woche	Tag	Symbol	Training	km
1. Woche (73 km)	Mo		–	–
	Di	●	MT 4 x 2000 m 9:10 (Pause 4 min)	15
	Mi		–	–
	Do		DL 70 min 5:40	13
	Fr		Jogging 40 min 6:00	7
	Sa	➜	flotter DL 8 km 4:50	13
	So	✖	lgDL 25 km 5:30	25
2. Woche (74 km)	Mo		–	–
	Di	●	4 x 1000 m 4:10 (Trabpause 400 m)	12
	Mi		DL 70 min 5:30	12
	Do		–	–
	Fr	➜	flotter DL 10 km 4:50	15
	Sa		Jogging 50 min 6:00	8
	So	✖	lgDL 27 km 5:30	27
3. Woche (72 km)	Mo		–	–
	Di	●	MT 4 x 3000 m 13:45 (Pause 6min)	16
	Mi		–	–
	Do		DL 90 min 5:30	18
	Fr		–	–
	Sa		Jogging 50 min 6:00	8
	So	✖	lgDL 30 km 5:30	30
4. Woche (81 km)	Mo		–	–
	Di		DL 75 min 5:45	13
	Mi		Jogging 40 min 6:00	7
	Do	➜	flotter DL 12 km 4:50	17
	Fr		–	–
	Sa		Jogging 70 min 6:00	12
	So	✖	lgDL 32 km 5:30	32
5. Woche (54 km)	Mo		–	–
	Di	●	5 x 1000 m 4:10 (Trabpause 400 m)	12
	Mi		DL 70 min 5:30	13
	Do		Jogging 40 min 6:00, Steigerungen	7
	Fr		–	–
	Sa		Jogging 30 min, 6:00, Steigerungen	5
	So	➜	10-km-Test (Ziel: Zeit um 42:00)	17

Die Tageskilometer beinhalten bei Wettkämpfen, Intervall- oder Tempotraining auch das Ein- und Auslaufen! Abkürzungen/Symbole: MT = Marathontempo, DL = Dauerlauf, lgDL = langer Dauerlauf, ● = Intervalltraining, Wiederholungsläufe, ✖ = langer Dauerlauf, ➜ = Tempodauerlauf/Wettkampf

In 10 Wochen zum Marathon unter 3:15 Stunden

Woche	Tag		Training	km
6. Woche (91 km)	Mo		–	–
	Di		DL 70 min 5:45	12
	Mi		–	–
	Do		DL 90 min 5:30, Steigerungen	17
	Fr	➜	flotter DL 15 km 4:50	20
	Sa		Jogging 60 min 6:00	10
	So	✖➜	DL 32 km 5:30	32
7. Woche (71 km)	Mo		–	–
	Di	●	MT 3 x 4000 m 18:20 (Pause 8 min)	17
	Mi		DL 70 min 5:30	13
	Do		Jogging 50 min 6:00, Steigerungen	8
	Fr		–	–
	Sa		Jogging 30 min 6:00, Steigerungen	5
	So	✖➜	**Halbmarathontest (Ziel 1:32:30)**	28
8. Woche (85 km)	Mo		–	–
	Di		Jogging 60 min 6:00	10
	Mi		DL 70 min 5:30	13
	Do		DL 90 min 5:50	16
	Fr		–	–
	Sa		Jogging 70 min 6:00	11
	So	✖➜	lgDL 35 km 5:30 (darin 10 km 4:50)	35
9. Woche (68 km)	Mo		–	–
	Di		DL 70 min 5:30	13
	Mi		–	–
	Do	●	MT 3 x 5000 m 23:00 (Pause 11 min)	21
	Fr		–	–
	Sa		DL 50 min 5:30	9
	So	✖➜	lgDL 25 km 5:45, Steigerungen	25
10. Woche (77 km)	Mo		–	–
	Di		DL 60 min 5:30	11
	Mi	●	MT 3 x 1500 m (4:36, Pause 2 min)	9
	Do		Jogging 50 min 6:00, Steigerungen	8
	Fr		–	–
	Sa		Jogging 30 min 6:00, Steigerungen	5
	So	✖➜	**Marathon, Zielzeit: 3:15 Std.**	44

In der letzten Spalte stehen die Tageskilometer. Sie beinhalten an Tagen mit Intervalltraining, Tempoläufen und Wettkämpfen zusätzlich auch das langsame Ein- und Auslaufen.

In 10 Wochen unter 3:00 Stunden

Wer die begehrte Drei-Stunden-Schallmauer unterbietet, gehört schon zu einer ehrgeizigen Elite von leistungsorientierten Freizeitläufern. Bei den Frauen beginnt hier sogar der erweiterte Bereich der nationalen Spitze. Es werden bereits die ersten Pokale, Titel oder Preisgelder erlaufen! Dazu gehört schon eine Portion Talent und entsprechender Trainingsfleiß. Mitglieder dieses »Proficlubs«, trainieren in der Regel schon mehrere Jahre und verfügen über reichlich Wettkampferfahrung. Meist sind sie in ihrer Laufgruppe schon Vorbild oder Trainer.

Wer den Marathon unter 3:30 zurücklegt, gehört bereits zum vorderen Drittel des Teilnehmerfelds. Während in Deutschland das Ziel meist schon nach fünf bis sechs Stunden geschlossen wird, kann man in New York oder Honolulu auch noch nach zwölf Stunden einlaufen bzw. eingehen.

Die Basis – 100 Kilometer pro Woche

Über den Sommer oder Winter wurde eine gute aerobe Grundlagenausdauer, eventuell auch mit Radfahren oder Skilanglauf kombiniert, erworben. Die Ausgangsbasis vor dem Zehn-Wochen-Plan sollte fünfmaliges Training pro Woche sein. Der längste Dauerlauf erreichte bereits rund 25 Kilometer. Im Vorfeld wurden kürzere Wettkämpfe absolviert. Das Leistungsvermögen über zehn Kilometer sollte rund 39 Minuten betragen. Wer den ersten Marathon läuft, sollte damit vorerst 3:15 Stunden anstreben. Mit 36 Minuten könnte sich auch ein Debütant an 3:00 Stunden wagen.

Da fast tägliches Training auf Sie zukommt, ist es sinnvoll, im Vorfeld bereits das private und berufliche Umfeld zu optimieren. Bitten Sie Ihre Familie vorübergehend um Verständnis oder sogar Kooperation. Legen Sie Ihren Urlaub in die spezielle Vorbereitungsphase, und organisieren Sie ein Trainingslager. Rechnen Sie mit einer Stunde mehr Schlaf pro Nacht. Der wöchentliche Trainingsumfang erreicht durchschnittlich um die

100 Kilometer. Der 3:00-Läufer trainiert fast jede Woche einen langen Lauf um 30 Kilometer. Dabei ist es zunächst das Ziel, diese Distanz sicher zu beherrschen, später wird im Rahmen der Belastungssteigerung auch das Tempo variiert. Ein Halbmarathontest gehört sinnvollerweise ins Vorbereitungsprogramm.
Von den zwei 10-Kilometer-Rennen wird der erste »nur aus dem Training heraus«, der zweite jedoch voll gelaufen. Der 3:00-Läufer verfügt über eine breitere Palette an Trainingsmitteln als der 3:30-Läufer. Sein Marathontempo beträgt 4:15 bis 4:20 Minuten pro Kilometer. Es wird in längeren Intervallen, Tempodauerläufen oder Crescendos geübt. Fahrtspiel oder Dauerläufe im welligen bis bergigen Gelände sorgen für zusätzliche Trainingsreize.

Katrin Dörre, Deutschlands erfolgreichste Marathonläuferin, schaffte bereits 21-mal Weltspitzenzeiten von unter 2:30 Stunden. Unter professionellen Bedingungen trainiert sie bis zu dreimal täglich.

In 10 Wochen unter 2:30 Stunden

Den im Folgenden vorgestellten Trainingsplan für unter 2:30 Stunden schrieb Herbert Steffny für Jürgen Theofel aus dem hessischen Biedenkopf. Jürgen Theofel, voll berufstätig, war bereits 1998 Deutscher 10-Kilometer-Meister der über 40-Jährigen in 32:30 Minuten, und er konnte 5000 Meter in 15:17 Minuten laufen.
Seine Marathonzeit hinkte jedoch mit 2:34 Stunden hinterher. Die Ursache dafür lag nicht im Kilometerumfang, der stimmte, sondern in der mangelhaften Feinabstimmung. So waren die regenerativen Einheiten durchwegs zu flott gelaufen worden, und es gab im Verhältnis zu den Tempoläufen zu wenig lange Läufe. Mit Steffnys Trainingsplan erzielte Jürgen Theofel beim Hamburg-Marathon 1999 nicht nur 2:26 Stunden, sondern er verbesserte außerdem auch in der Vorbereitung seine 10-Kilometer-Bestzeit auf 32:07 Minuten und seine Halbmarathonbestzeit auf 69:31 Minuten.

In 10 Wochen zum Marathon unter 3:00 Stunden

Woche	Tag	Symbol	Training	km
1. Woche (88 km)	Mo		–	–
	Di	●	MT 5x2000m 8:40 (Pause 4 min)	17
	Mi		DL 95 min 5:30	17
	Do		–	–
	Fr	➜	flotter DL 10km 4:40	15
	Sa		Jogging 70 min 5:45	12
	So	✖	lgDL 27 km 5:30	27
2. Woche (104 km)	Mo		Jogging 70 min 5:45	12
	Di	●	10 x 400 m 90 sec (Trabpause 200 m)	15
	Mi		DL 100 min 5:30	18
	Do		–	–
	Fr	➜	flotter DL 12 km 4:30	17
	Sa		Jogging 70 min 5:45	12
	So	✖	lgDL 30 km 5:30	30
3. Woche (84 km)	Mo		Jogging 70 min 5:45	12
	Di	●	5 x 1000 m 3:55 (Trabpause 400 m)	15
	Mi		DL 100 min 5:30, Steigerungen	18
	Do	➜	FSP 70 min (4:30–5:40)	14
	Fr		–	–
	Sa		Jogging 45 min, Steigerungen	8
	So	➜	**10-km-Wettkampf (Ziel um 40:00)**	17
4. Woche (107 km)	Mo		Jogging 90 min 5:40	16
	Di		–	–
	Mi		DL 100 min 5:20, wellig	19
	Do		Jogging 70 min 5:40	12
	Fr	●	MT 3 x 3000 m 13:00 min (Pause 6 min)	16
	Sa		Jogging 70 min 5:40	12
	So	✖	lgDL 32 km 5:20, Steigerungen	32
5. Woche (73 km)	Mo		Jogging 70 min 5:40	12
	Di	●	5 x 1000 m 3:50 (Trabpause 400 m)	14
	Mi		DL 90 min 5:30	16
	Do		DL 50 min 5:50, Steigerungen	9
	Fr		–	–
	Sa		Jogging 30 min, Steigerungen	5
	So	➜	**10-km-Wettkampf (Ziel um 38:30)**	17

Die Tageskilometer beinhalten bei Wettkämpfen, Intervall- oder Tempotraining auch das Ein- und Auslaufen! Abkürzungen/Symbole: MT = Marathontempo, DL = Dauerlauf, mDL = mittlerer Dauerlauf, lgDL = langer Dauerlauf, FSP = Fahrtspiel, ● = Intervalltraining, Wiederholungsläufe, ✖ = langer Dauerlauf, ➜ = Tempodauerlauf/Wettkampf

In 10 Wochen zum Marathon unter 3:00 Stunden

Woche	Tag		Training	km
6. Woche (110 km)	Mo		Jogging 90 min 5:40	16
	Di		–	–
	Mi		DL 70 min 5:00	14
	Do		DL 100 min 5:30, Steigerungen	18
	Fr	➜	flotter DL 10 km 4:30	17
	Sa		DL 70 min 5:20	13
	So	✖ ➜	Crescendo 32 km (5:30, 5:00, 4:30)	32
7. Woche (83 km)	Mo		Jogging 70 min 5:40	12
	Di	●	MT 4 x 3000 m 12:45 (Pause 6 min)	18
	Mi		DL 60 min 5:10	12
	Do		DL 8 km 5:30, Steigerungen	8
	Fr		–	–
	Sa		Jogging 30 min, Steigerungen	5
	So	✖ ➜	**Halbmarathontest (Ziel 1:25)**	28
8. Woche (108 km)	Mo		Jogging 70 min 5:40	12
	Di		–	–
	Mi		DL 100 min 5:20, wellig	19
	Do		Jogging 70 min 5:40	12
	Fr		mDL 90 min 5:00, Steigerungen	18
	Sa		Jogging 70 min 5:40	12
	So	✖	lgDL 35 km 5:20, Steigerungen	35
9. Woche (87 km)	Mo		Jogging 70 min 5:40	12
	Di	➜	mDL 10 km 4:50, wellig	15
	Mi		–	–
	Do	●	MT 3 x 5000 m 21:15 (Pause 10 min)	20
	Fr		–	–
	Sa		DL 70 min 5:30	13
	So	✖	lgDL 27 km 5:20, Steigerungen	27
10. Woche (78 km)	Mo		Jogging 60 min 5:30	11
	Di		–	–
	Mi	●	MT 3 x 1500 m 4:15 (Pause 2 min)	10
	Do		DL 8 km (5:30), Steigerungen	8
	Fr		–	–
	Sa		Jogging 30 min, Steigerungen	5
	So	✖ ➜	**Marathon, Zielzeit 2:59 Std.**	44

In der letzten Spalte stehen die Tageskilometer. Sie beinhalten an Tagen mit Intervalltraining, Tempoläufen und Wettkämpfen zusätzlich auch das langsame Ein- und Auslaufen.

In 10 Wochen zum Marathon unter 2:45 Stunden

Woche	Tag	Symbol	Training	km
1. Woche (122 km)	Mo		DL 70 min 5:00	14
	Di	●	MT 5 x 2000 m 7:48 (Pause 4 min)	17
	Mi		Jogging 100 min 5:20	19
	Do		DL 70 min 5:00	14
	Fr	➜	flotter DL 10 km 4:15	17
	Sa		Jogging 70 min 5:20	13
	So	✖	lgDL 28 km 5:30	28
2. Woche (120 km)	Mo		Jogging 70 min 5:20	13
	Di	●	10 x 400 m 80 sec (Trabpause 200 m)	15
	Mi		Jogging 100 min 5:20	19
	Do		DL 70 min 5:00	12
	Fr	➜	flotter DL 12 km 4:15	18
	Sa		Jogging 70 min 5:20	13
	So	✖	lgDL 30 km 5:00	30
3. Woche (100 km)	Mo		Jogging 70 min 5:20	13
	Di	●	5 x 1000 m 3:30 (Trabpause 400 m)	15
	Mi		Jogging 100 min 5:20, Steigerungen	18
	Do	➜	leichtes FSP 70 min (3:50–5:20)	16
	Fr		Jogging 70 min 5:20	13
	Sa		Jogging 45 min, Steigerungen	8
	So	➜	**10-km-Wettkampf (Ziel um 36:00)**	17
4. Woche (125 km)	Mo		Jogging 100 min 5:30	18
	Di		DL 70 min 5:00	14
	Mi		DL 100 min 5:20, welliges Gelände	19
	Do		Jogging 70 min 5:20	13
	Fr	●	MT 3 x 3000 m 11:42 min (Pause 6 min)	16
	Sa		Jogging 70 min 5:20	13
	So	✖	lgDL 32 km 5:00, Steigerungen	32
5. Woche (86 km)	Mo		Jogging 70 min 5:20	13
	Di	●	5 x 1000 m 3:30 (Trabpause 400 m)	15
	Mi		Jogging 100 min 5:20, Steigerungen	18
	Do		DL 50 min 5:00, Steigerungen	10
	Fr		Jogging 40 min, Steigerungen	7
	Sa		Jogging 30 min, Steigerungen	6
	So	➜	**10-km-Test (Ziel um 35:00)**	17

Die Tageskilometer beinhalten bei Wettkämpfen, Intervall- oder Tempotraining auch das Ein- und Auslaufen! Abkürzungen/Symbole: MT = Marathontempo, DL = Dauerlauf, mDL = mittlerer Dauerlauf, lgDL = langer Dauerlauf, FSP = Fahrtspiel, ● = Intervalltraining, Wiederholungsläufe, ✖ = langer Dauerlauf, ➜ = Tempodauerlauf/Wettkampf

In 10 Wochen zum Marathon unter 2:45 Stunden

Woche	Tag		Training	km
6. Woche (129 km)	Mo		Jogging 100 min 5:30	18
6	Di		DL 70 min 5:00	14
	Mi		DL 100 min 5:20, welliges Gelände	19
	Do		DL 70 min 5:00	14
	Fr	➜	flotter DL 10 km 4:15	17
	Sa		70 min DL 5:20	13
	So	✖ ➜	Crescendo 34 km (5:20, 4:50, 4:20)	34
7. Woche (91 km)	Mo		Jogging 70 min 5:20	13
7	Di	●	4 x 2000 m 7:25 (Pause 5 min)	16
	Mi		Jogging 40 min, Steigerungen	7
	Do		DL 70 min 5:00	14
	Fr		Jogging 40 min, Steigerungen	7
	Sa		Jogging 30 min, Steigerungen	6
	So	✖ ➜	**Halbmarathontest (Ziel 1:18)**	28
8. Woche (122 km)	Mo		Jogging 40 min 5:20	7
8	Di		Jogging 70 min 5:20	13
	Mi		DL 100 min 5:00	20
	Do		Jogging 70 min 5:20	13
	Fr		mDL 90 min 4:30, Steigerungen	20
	Sa		Jogging 70 min 5:20	13
	So	✖	lgDL 36 km 5:00, Steigerungen	36
9. Woche (105 km)	Mo		Jogging 70 min 5:20	13
9	Di	➜	mDL 10 km 4:30	16
	Mi		Jogging 40 min 5:20	7
	Do	●	MT 3 x 5000 m 19:30 (Pause 10 min)	22
	Fr		Jogging 40 min 5:20	7
	Sa		Jogging 70 min 5:20	13
	So	✖	lgDL 27 km 5:00, Steigerungen	27
10. Woche (86 km)	Mo		Jogging 60 min 5:20	11
10	Di		Jogging 40 min 5:20	7
	Mi	●	MT 3 x 1500 m in 5:51 (Pause 2 min)	10
	Do		DL 8 km (5:30), Steigerungen	8
	Fr		–	–
	Sa		Jogging 30 min, Steigerungen	6
	So	✖ ➜	**Marathon, Zielzeit 2:45 Std.**	44

In der letzten Spalte stehen die Tageskilometer. Sie beinhalten an Tagen mit Intervalltraining, Tempoläufen und Wettkämpfen zusätzlich auch das langsame Ein- und Auslaufen.

In 10 Wochen zum Marathon unter 2:30 Stunden

Woche	Tag	Symbol	Training	km
1. Woche (141 km)	Mo		Jogging 70 min 5:00	14
	Di	●	5 x 1000 m 3:12 (Trabpause 400 m)	15
	Mi		Jogging 45 min / DL 70 min 4:30	25
	Do		DL 70 min 4:20	16
	Fr	➜	Jogging 45 min / flotter DL 10 km 3:40	27
	Sa		Jogging 70 min 5:00	14
	So	✖	lgDL 4:40	30
2. Woche (151 km)	Mo		Jogging 70 min 5:00	14
	Di	●	MT 5 x 2000 m 3:30 (Trabpause 800 m)	15
	Mi		DL 105 min 4:40, welliges Gelände	22
	Do		Jogging 45 min / DL 70 min 4:20	25
	Fr	➜	mDL 12 km 4:00	18
	Sa		Jogging 45 min / DL 70 min 4:30	25
	So	✖	lgDL 4:40	32
3. Woche (126 km)	Mo		Jogging 70 min 5:00	14
	Di	●	10 x 400 m (74 sec, 200 m Trabpause)	15
	Mi		Jogging 45 min / DL 70 min 4:20	25
	Do	➜	mDL 15 km 4:00	20
	Fr		Jogging 45 min / DL 70 min 4:20	25
	Sa		Jogging 50 min, Steigerungen	10
	So	➜	**10-km-Aufbauwettkampf (Ziel 33:00)**	17
4. Woche (154 km)	Mo		Jogging 45 min / DL 70 min 4:40	24
	Di		lgDL 4:40, welliges Gelände	23
	Mi		Jogging 45 min / DL 70 min 4:20	25
	Do		Jogging 70 min 4:45	15
	Fr	●	3 x 3000 m (10:00, Pause 4 min)	18
	Sa		Jogging 70 min 5:00	14
	So	✖	lgDL 35 km 4:30, Steigerungen	35
5. Woche (94 km)	Mo		Jogging 70 min 5:40	12
	Di	●	5 x 1000 m 3:10 (Trabpause 400 m)	15
	Mi		DL 90 min 4:45	19
	Do		DL 70 min 4:40, Steigerungen	15
	Fr		Jogging 50 min, Steigerungen	10
	Sa		Jogging 30 min, Steigerungen	6
	So	➜	**10-km-Test voll (Ziel unter 32:00)**	17

Die Tageskilometer beinhalten bei Wettkämpfen, Intervall- oder Tempotraining auch das Ein- und Auslaufen! Abkürzungen/Symbole: MT = Marathontempo, DL = Dauerlauf, mDL = mittlerer Dauerlauf, lgDL = langer Dauerlauf, FSP = Fahrtspiel, ● = Intervalltraining, Wiederholungsläufe, ✖ = langer Dauerlauf, ➜ = Tempodauerlauf/Wettkampf

In 10 Wochen zum Marathon unter 2:30 Stunden

Woche	Tag		Training	km
6. Woche (97 km)	Mo		Jogging 50 min 5:00	10
	Di		DL 70 min 4:20	16
	Mi	➜	leichtes (!) FSP (0,5/1/0,5/1/0,5 km)	14
	Do		DL 60 min 4:30, Steigerungen	14
	Fr		Jogging 50 min, Steigerungen	10
	Sa		Jogging 30 min, Steigerungen	6
	So	✖ ➜	**Halbmarathontest (Ziel unter 1:11)**	27
7. Woche (158 km)	Mo		Jogging 45 min / 70 min 4:40	24
	Di		lockerer lgDL 4:50	25
	Mi		Jogging 45 min / DL 70min 4:40	24
	Do	➜	leichtes (!) FSP (0,5/1/2/1/0,5 km)	15
	Fr		DL 70 min 4:20	16
	Sa		DL 70 min 4:30, welliges Gelände	16
	So	✖	lgDL 4:30 locker	38
8. Woche (152 km)	Mo		Jogging 70 min 5:00	14
	Di	➜	mDL 20 km 4:00	25
	Mi		Jogging 45 min / DL 70 min 4:20	25
	Do	●	5 x 1000 m 3:15 (400 m Trabpause)	15
	Fr		DL 70 min 4:20	16
	Sa		Jogging 45 min / DL 70 min 4:20	25
	So	✖ ➜	Cresc.(10 km 4:30/10 km 4:00/5 km 3:45/5 km 3:30)	32
9. Woche (117 km)	Mo		Jogging 50 min 5:30	9
	Di		DL 70 min 4:20	16
	Mi		DL 70 min 4:20	16
	Do	●	MT 3 x 5000 m (17:30, Pause 8 min)	22
	Fr		Jogging 50 min	10
	Sa		DL 70 min 4:20	16
	So	✖	lgDL 28 km 4:40, Steigerungen	28
10. Woche (97 km)	Mo		Jogging 60 min	12
	Di		DL 70 min 4:30, Steigerungen	15
	Mi	●	MT 3 x 1500 m 3:30 (Pause 3 min)	10
	Do		Jogging 50 min, Steigerungen	10
	Fr		(Anreise)	-
	Sa		Jogging 30 min, Steigerungen	6
	So	✖ ➜	Marathon, Zielzeit 2:29 Std.	44

In der letzten Spalte stehen die Tageskilometer. Sie beinhalten an Tagen mit Intervalltraining, Tempoläufen und Wettkämpfen zusätzlich auch das langsame Ein- und Auslaufen.

In 10 Wochen zum Marathon unter 2:20 Stunden

Woche	Tag	Symbol	Training	km
1. Woche (154 km)	Mo		Jogging 62 min 5:30	12
	Di	✖	Jogging 45 min/28 km 5:30, bergig	35
	Mi	R	Jogging 45 min/MTB 60 min/DL 45 min	18
	Do	R	DL 65 min, bergig/MTB 4 Std./Jog. 60 min	24
	Fr	R	DL 60 min/50 minMTB/DL 60 min	23
	Sa	✖	DL bergig 2:10 Std./Jog. 60 min	33
	So		Jogging 50 min	9
2. Woche (153 km)	Mo		Jogging 40 min 5:50/Jog. 30 min 6:00	14
	Di		DL bergig 80 min/DL 90 min	32
	Mi	✖	DL bergig 90 min/DL 2:25 Std. 5:15	43
	Do		Jogging 45 min/DL 30 min 5:00	13
	Fr	R	Jog. 30 min 6:00/MTB 4:20 locker	5
	Sa	➜	Jogging 30 min/**Bergsprintrennen 5 km**	23
	So		Jog. 70 min/DL 50 min	23
3. Woche (204 km)	Mo		DL 96 min 4:30/DL 70 min 4:30	38
	Di	➜	DL 70 min 4:40/DL flott 10 km 3:30	32
	Mi		DL 56 min 4:40/lgDL 2:31 Std. 4:45	44
	Do		DL 50 min 4:30/DL 90 min 5:00	29
	Fr		DL 63 min 4:30	14
	Sa	➜	**10-km-Rennen (Sieg in 31:14, heiß)**	19
	So		Jogging 70 min 5:30/Jog. 70 min 5:30	28
4. Woche (213 km)	Mo	✖	lgDL 100 min 4:30	25
	Di		DL 73 min 4:30/mDL 38 min 3:30	27
	Mi		DL 98 min 4:30/Jogging 50 min	32
	Do		DL 96 min 4:30	21
	Fr		DL 65 min 4:00/DL 1:50 Std. 4:50	38
	Sa	FS	DL 70 min 4:30/FSP 60 min	30
	So	✖	lgDL 40 km 4:20, bergig	40
5. Woche (177 km)	Mo		DL 45 min 4:20	10
	Di		DL 97 min 4:30/DL 83 min 5:00	38
	Mi	●	DL 45 min 4:30/MT 3 x 5000 m in 16:20	36
	Do		DL 45 min 4:30/DL 86 min 5:15	27
	Fr		DL 45 min 4:30	10
	Sa		Jogging 57 min 5:30	10
	So	✖	lgDL 2:26 Std. 4:20/Jogging 71 min 5:40	46

Die Tageskilometer beinhalten bei Wettkämpfen, Intervall- oder Tempotraining auch das Ein- und Auslaufen! Abkürzungen/Symbole: MT = Marathontempo, DL = Dauerlauf, mDL = mittlerer Dauerlauf, lgDL = langer Dauerlauf, FSP = Fahrtspiel, ● = Intervalltraining, Wiederholungsläufe, ✖ = langer Dauerlauf, ➜ = Tempodauerlauf/Wettkampf

In 10 Wochen zum Marathon unter 2:20 Stunden

Woche	Tag		Training	km
6. Woche (163 km)	Mo		DL 70 min 5:00	14
	Di	●	5 x 1000 m 2:59/DL 66 min 4:20	37
	Mi		DL 96 min 4:30/DL 53 min 4:20	33
	Do		DL 96 min 4:30/DL 94 min 5:00	40
	Fr		DL 41 min 4:30	9
	Sa		DL 57 min 4:20	13
	So	➔	**10-km-Rennen in 30:34**	17
7. Woche (230 km)	Mo		DL 40 min 4:40/DL 70 min 4:55	22
	Di	✖	lgDL, bergig 4:40/DL 70 min 4:30	45
	Mi		DL 87 min 4:35/ DL 81 min 4:35	36
	Do	➔	DL 71 min 4:30/15 km in 52:04	42
	Fr		DL 48 min 4:45/DL 85 min 5:00	26
	Sa	➔	**9-km-Rennen (Sieg in 28:35)**	15
	So	✖	lgDL 2:53 Std. in 3:54	44
8. Woche (92 km)	Mo		DL 82 min 4:45	17
	Di		DL 40 min 4:30	9
	Mi	FS	lockeres FSP 56 min	14
	Do		–	–
	Fr		DL 60 min 4:30	13
	Sa		DL 45 min 5:00	9
	So	✖ ➔	**Halbmarathonrennen 65:41**	30
9. Woche (103 km)	Mo		DL 60 min 4:30	13
	Di	FS	leichtes FSP 71 min	15
	Mi	✖	lgDL 2:24 Std. 4:30	32
	Do		–	–
	Fr	FS	FSP 50 min 3:20-3:50/Jogging 33 min	18
	Sa		Jogging 42 min/Jogging 50 min	16
	So		Jogging 50 min	9
10. Woche (101 km)	Mo		DL 60 min 4:35	13
	Di	●	MT 3 x 1000 m in 3:10 (Pause 3 min)	15
	Mi		DL 52 min 4:20	12
	Do		Jogging 30 min, Steigerungen	6
	Fr		Jogging 30 min, Steigerungen	6
	Sa		Jogging 25 min, Steigerungen	5
	So	✖ ➔	**Twin City Marathon 2:18:35**	44

In der letzten Spalte stehen die Tageskilometer. Sie beinhalten an Tagen mit Intervalltraining, Tempoläufen und Wettkämpfen zusätzlich auch das langsame Ein- und Auslaufen.

In 10 Wochen unter 2:20 Stunden

Hier beginnt bei den Männern bereits der erweiterte Kreis der Weltklasse. Während der 2:50-Stunden-Marathonläufer noch im Büro sitzt und nach der Arbeit im Winter in der Dunkelheit mühsam seine Kilometer sammelt, hat der Laufprofi schon seine zweite Einheit bei bestem Wetter im Trainingslager im Süden hinter sich. Er wird vom Arbeitgeber freigestellt, vom Staat und Verband für den Einsatz im Nationaltrikot gefördert, verdient Preisgelder und hat mehrere Werbeverträge.

Auch Spitzenläufer kochen nur mit Wasser. Sie können nicht nur wie Hobbyjogger Muskelkater bekommen, sondern haben auch mental zu kämpfen. Gedanken ans Aufgeben sind nicht ungewöhnlich. Auf ähnlichem Leistungsniveau entscheidet aber letztlich der Kopf über Sieg und Niederlage.

Talent, Trainingsfleiß und mentale Härte

Erfolgreiche Spitzenläufer verfügen über eine besondere genetische Veranlagung für Ausdauerleistungsfähigkeit und sind orthopädisch und mental robuster als der Durchschnittsmarathoni. Die Anpassungen auf höchstem Niveau sind über jahrelanges Training erworben worden. Mentale Vorbereitung und entsprechende schwierige Trainingsaufgaben haben einen hohen Stellenwert. Die Entscheidung über Sieg und Niederlage fällt oft im Kopf. Das Problem der Streckenlänge oder ein entscheidender Anstieg im Kurs wurden beispielsweise bei einem 50-Kilometer-Überdistanzlauf oder einem Berglauf zuvor im Training durchgespielt. Kleinere Aufbauwettkämpfe können aus dem Training heraus ohne vollen Einsatz gewonnen werden.

Die Planung erstreckt sich über Jahre, um bei internationalen Meisterschaften oder Olympischen Spielen in Topform zu sein. Die Athleten verfügen über bestes Material und haben um sich herum ein Team aus Trainer, Mediziner, Physiotherapeut und Manager organisiert. Das gesamte Training zielt auf Meisterehren, Olympiateilnahme, Bestzeiten oder Prämien. Sponsorenverträge sind häufig an Medaillen, Rekorde und Citymarathonsiege gekoppelt. Besondere Vorbereitungen auf die widrigen Hitzeverhältnisse bei den internationalen Meisterschaften in den Sommermonaten können die Planung dominieren. Internationale Reisen und Höhentrainingslager gehören zum Alltag.

Mit dem auf Seite 82ff. vorgestellten Plan lief Herbert Steffny 1995 in Minneapolis St.Paul als 42-Jähriger eine Zeit von 2:18:35 Stunden und gewann damit als Gesamtfünfter die in den USA angesehene und hoch dotierte Mastersklasse der über 40-Jährigen. Das Beispiel zeigt, wie eine Kombination von härteren Aufbauwettkämpfen und sehr ruhigen Dauerlaufeinheiten, teilweise im bergigen Gelände, mit bis zu 230 Kilometern pro Woche zum Erfolg führen kann. Die langen Dauerläufe reichen sogar über die Marathondistanz hinaus. Bei dem Halbmarathonwettkampf erzielte er mit 65:41 Minuten eine deutsche Bestleistung für über 40-Jährige.

Die weltbesten Marathonläufer haben ein Durchschnittsalter um 30 Jahre. Carlos Lopez wurde 1984 Olympiasieger mit 37 Jahren und lief 1985 mit 38 Jahren mit 2:07:12 Weltbestleistung.

Ungewohnte Trainingsumstände fordern den Körper auf besondere Weise und stärken für den bevorstehenden Marathon.

Trainingsergänzungen und Alternativen

Das Lauftier Mensch kann viel von anderen Tieren lernen. Haben Sie schon beobachtet, wie sich Hund oder Katze verhalten, ehe sie in die Gänge kommen? Richtig, sie recken, strecken und dehnen sich, sie bringen die Muskeln, die sie gleich gebrauchen werden, instinktiv in eine natürliche Spannung. Wir Lauftiere sollten uns auch auf diese natürlichen Vorgänge besinnen.

Läufer sind oft ausgesprochen steif in der Muskulatur. Wer versucht, aus dem Stand sofort Höchstleistungen zu bringen, überfordert seinen Körper und steigert nur eines: das Verletzungsrisiko.

Dehnen und kräftigen

Für Dehnungs- und Kräftigungsgymnastik gibt es viele gute Gründe: Dehnungsübungen bauen Verspannungen in der beanspruchten Muskulatur ab, fördern die Durchblutung und damit die Regeneration, verbessern die Beweglichkeit und den Laufstil und verringern die Verletzungsanfälligkeit. Kräftigungsübungen gleichen Defizite aus. Laufen trainiert die Bauchmuskeln z.B. nur wenig. Durch einseitig betriebene Tätigkeiten im Beruf oder Sport sind einzelne Muskeln verkürzt oder gestärkt, ihre Gegenspieler (Antagonisten) für eine Bewegung dagegen verkümmern. Früher oder später kann diese »muskuläre Dysbalance« zu schmerzhaften Problemen wie Rückenschmerzen führen. Eine starke Rumpfmuskulatur entlastet die Wirbelsäule beim Abfedern des beim Laufen aufzufangenen Körpergewichts. Gymnastik fördert auch das Balancegefühl und hilft übrigens nicht nur gegen Verspannungen nach dem Sport, sondern auch nach langem Sitzen im Büro oder im Auto. Nach jedem Lauftraining sollten Sie regel-

Schwimmen stärkt die Muskulatur, löst Verspannungen und macht die Bewegungen geschmeidiger.

Lassen Sie sich beim Dehnen Zeit: Es kostet keine Kraft, Sie können sich dabei nicht verausgaben.

mäßig das nachfolgende Gymnastikgrundprogramm absolvieren, am besten in einer entspannten Atmosphäre, wenn die Muskulatur noch etwas warm ist. Wenn Sie »kalt« dehnen, gehen Sie ein höheres Verletzungsrisiko ein. Die frühmorgendliche »Hau-Ruck-Gymnastik« ist out. Nach harten Laufbelastungen oder Wettkämpfen sollte man nur sehr vorsichtig dehnen.

Die hier dargestellten zwölf Übungen sind überall, auch auf Reisen, einfach und ohne Fitnessstudio durchzuführen. Das Grundprogramm lässt sich nach Ihren speziellen Anforderungen erweitern. Dehnen oder »Stretchen« soll muskuläre Verspannungen lösen und psychisch entspannend wirken. Läufer sind meist ausgesprochen steif in der Muskulatur. Aber mit geduldigem Bemühen kann man schon nach einigen Wochen regelmäßiger Gymnastik gute Fortschritte erzielen. Sie sollten in die Dehnung langsam hinein gleiten und nur so weit stretchen, bis Sie ein deutliches Ziehen, keinesfalls aber Schmerzen verspüren. Sie kontrollieren damit Ihr Training individuell. Dehnen Sie ohne zu wippen ca. 15 bis 20 Sekunden. Wiederholen Sie jede Übung dreimal für beide Seiten, bevor Sie zur nächsten übergehen. Dehnen Sie Ihre »Problemstellen« häufiger. Achten Sie immer auf eine saubere Durchführung, und atmen Sie ruhig. Nach dem Dehnen sollen die Kraftübungen folgen.

Dehnungsübungen

Oberflächlicher Wadenmuskel und Achillessehne (Musculus gastrocnemius)

Mit den Händen an einem Baum, Wand oder dergleichen abstützen, ein Bein gestreckt weit nach hinten schieben, dabei die Ferse flach aufsetzen, Körper gerade halten. Sehr wichtig zur Vermeidung von Achillessehnenbeschwerden.

Tiefer Wadenmuskel und Achillessehne (Musculus soleus)

Das zu dehnende Bein etwas nach hinten setzen und leicht in die Hocke gehen, Ferse bleibt flach aufgesetzt. Ebenfalls wichtig zur Vermeidung von Achillessehnenbeschwerden.

Rückseitige Oberschenkelmuskulatur (Ischiocrurale Muskeln)

Ferse auf eine nicht zu hohe Auflage setzen, Knie leicht beugen und Oberkörper mit geradem Rücken, um die Bandscheiben nicht zu belasten, nach vorne beugen. Tipp: durch Ändern des Kniewinkels erreichen Sie tiefere oder höhere Anteile dieser für Läufer besonders wichtig zu dehnenden Muskelgruppe. Verspannungen und Verhärtungen können bis zum Muskelfaserriss oder zu einer Zerrung führen!

Vorderseitige Oberschenkelmuskulatur (Musculus quadriceps)

Im Stand ein Bein anwinkeln, am Fußgelenk umfassen und zum Gesäß ziehen, dabei Hohlkreuz durch Anspannen der Gesäß- und Bauchmuskulatur vermeiden, Bein nicht seitlich ziehen, gerade stehen, gegebenenfalls mit einer Hand festhalten. Schult auch das Balancegefühl.

Innenseite der Oberschenkel, Schenkelanzieher (Adduktorenmuskeln)

Vorsichtig aus dem Stand in die Grätsche gleiten, Hohlkreuz durch Anspannen der Rumpfmuskulatur vermeiden, nach 20 Sekunden nach vorne (Bild rechts) vorbeugen und mit den Händen abstützen, um andere Anteile der Adduktorengruppe zu dehnen.

Hüftbeugemuskel (Musculus iliopsoas)
Aus dem Stand in den Ausfallschritt gehen, hinteres Bein gestreckt zurückschieben, dabei nicht seitlich drehen. Hohlkreuz durch Anspannen der Gesäß- und Bauchmuskulatur vermeiden. Dieser Muskel ist oft stark verkürzt, was auch zu Rückenbeschwerden führen kann.

Gesäßmuskulatur (v. a. Musculus glutaeus maximus, Musculus piriformis)
In Rückenlage ein Bein anwinkeln, am Fußgelenk ergreifen und seitlich zur gegenüberliegenden Schulter ziehen, das Knie sollte im rechten Winkel und das andere Bein gestreckt bleiben, das Becken liegt flach auf. Ein verhärteter Musculus piriformis kann den unter ihm verlaufenden Ischiasnerv möglicherweise abklemmen (»Pseudoischias«).

Brustmuskulatur (v. a. Musculus pectoralis major)
An Baum, Laternenmast oder Türrahmen mit gewinkeltem Arm anlehnen und einen Schritt vorgehen, Brust nach vorne schieben. Dehnt die verkürzten Brustmuskeln (Sitzarbeit!) und verbessert die Armhaltung beim Laufstil in Ergänzung zur nächsten Übung.

Kräftigungsübungen

Schulterblattmuskeln, Schulterblattfixatoren
Eine Fußlänge entfernt an einer Wand stehen. Angelehnten Körper mit den im rechten Winkel abstehenden Ellenbogen von der Wand abdrücken. Arme dabei nicht absinken lassen. Verbessert Armhaltung beim Laufen in Ergänzung zur vorigen Übung und verbessert aufrechte Oberkörperhaltung.

Rückenmuskulatur
Aus dem »Vierfüßlerstand« diagonal linken Arm und rechtes Bein in die Waagerechte anheben und eine

Weile bis zur Ermüdung halten, dabei das Becken nicht hoch drehen, Hohlkreuz vermeiden, einige Wiederholungen für beide Seiten.

Bauchmuskulatur

In Rückenlage Beine anwinkeln und entspannen, nur die Schultern von der Unterlage abheben und halten, die Lendenwirbelsäule bleibt flach am Boden, einige Wiederholungen jeweils bis zur Ermüdungsgrenze. Bauchmuskeltraining stabilisiert auch die Beckenhaltung und hilft bei zu schwacher Zwerchfellmuskulatur auch gegen Seitenstechen.

Seitliche Rumpfmuskulatur

In gerade gestreckter Körperhaltung Hüfte anheben und in den »Seitstütz« gehen, Position eine Weile halten (a), bei schlechterem Trainingszustand zur Vereinfachung der Grundübung das obere Bein vorsetzen (b), einige Wiederholungen für beide Seiten.

Radfahren

Radfahren und Laufen sind zwei Disziplinen, die voneinander profitieren.

- Beim Radfahren wird die Oberschenkelmuskulatur (Quadrizeps) gekräftigt, die Sauerstoffaufnahme-Kapazität erhöht, die mentale Härte ausgebildet.
- Das Körpergewicht wird vom Sattel getragen. Dadurch werden die Gelenke wesentlich geringer belastet.
- Sie können viel länger unterwegs sein.
- Radtraining überbrückt Zwangspausen, z.B. bei Fußverletzungen.
- Der Puls beim Radfahren ist rund 15 Schläge pro Minute niedriger als beim Laufen. Wissenschaftliche Un-

tersuchungen haben ergeben, dass Sie mit Radtraining Ihre Laufleistung um bis zu neun Prozent verbessern können. Aber übertreiben Sie nicht. Häufigster Fehler beim Radfahren ist, wenn Sie sich mit zu hohen Gängen abquälen. Eine höhere Trittfrequenz von 90 bis 110 Umdrehungen pro Minute ist viel wirkungsvoller.

Inlineskating

Inlineskaten eignet sich hervorragend, um Herz und Kreislauf fit zu halten, Geschicklichkeit, Gewandtheit und Gleichgewichtsgefühl zu fördern. Sie stimulieren, ähnlich wie beim Radfahren, besonders die Beinmuskulatur (Quadrizeps). Durch das notwendige Pendeln der Arme wird aber auch diese fürs Laufen wichtige Muskelgruppe trainiert.

Besonders für die häufig verspannten Schultern und die beim Laufen vernachlässigten Bauchmuskeln ist Schwimmen ein idealer Ausgleichssport.

Aquajogging

Mag sein, dass es langweilig ist, trotzdem bewährt sich Aquajogging besonders bei oder nach Verletzungen als gelenkschonendes Aufbau- und Ausdauertraining. Die gesamte Körpermuskulatur wird gekräftigt. Ein spezieller Auftriebsgürtel, der Aquajogger, sorgt für stabilen Schwebezustand im Wasser. Ihre Herzfrequenz wird, je nach Wassertemperatur, geringer sein als an Land, die Regeneration geht schneller.

Schwimmen

Schwimmen trainiert zahlreiche Muskelgruppen, schult Ausdauer und Koordinationsfähigkeit. Die Bewegung im Wasser stimuliert das Herz-Kreislauf-System, belastet es aber durch die relative Schwerelosigkeit im Wasser geringer als das Laufen. Schwimmen härtet ab, stärkt das vegetative Nervensystem und ist äußerst schonend für Gelenke und Wirbelsäule.

Zwei optimale Trainingseinheiten wären:

- Schwimmen Sie bis zu 1 Stunde lang. Alle 5 Minuten machen Sie 1 Minute lang Tempo.
- Schwimmen Sie 1/2 Stunde. Zunächst 15 Minuten in ruhigem Tempo (zum Aufwärmen), dann 2 Minuten fast so schnell Sie können, dann immer abwechselnd 2 Minuten langsam, 2 Minuten schnell, 4-mal hintereinander.

Laufband

Der unbestreitbare Vorteil des Laufbands liegt in seiner Wetterunabhängigkeit: Sie können darauf bei gleichbleibenden Bedingungen trainieren, wenn es draußen duster, windig oder besonders kalt ist oder Sie Hügeltraining ohne hartes Bergablaufen simulieren wollen (der Steigungsgrad lässt sich bequem einstellen).

Als Trainingseinheit wäre Folgendes optimal:

- 10 Minuten locker warm laufen
- 10 Minuten intensives Tempo laufen (3 Intervalle)
- Dazwischen jeweils 4 Minuten locker traben
- Zum Schluss 10 Minuten auslaufen

Wenn es sich im Winterurlaub einrichten lässt oder wenn Sie in einer schneesicheren Region wohnen – ziehen Sie es durch. Skilanglauf trainiert Herz und Kreislauf ausgezeichnet, er belastet den kompletten Körper.

Skilanglauf

Beim Skilanglauf werden die Beine ständig beansprucht, Arme und Rumpf durch den Stockeinsatz mehr als beim Laufen trainiert. Durch das Gleiten in der Loipe entfällt die Stauchbelastung, Sie können länger unterwegs sein. Allerdings fehlt der kräftige Abdruck bei jedem Schritt. Insofern sind die Bewegungsabläufe beim Laufen und Skilanglaufen nur bedingt vergleichbar.

Ein sinnvolles Skilanglauftraining verläuft wie folgt:

- Erst 15 Minuten locker einlaufen
- Dann 20 Minuten mit intensiver Belastung gleiten
- Schließlich 15 Minuten locker auslaufen

Ernährung – Power für den Marathon

Fitnessjogging kann man auch mit einer mäßigen Kost. Aber den Stellenwert einer optimalen und vollwertigen Ernährung werden Sie umso mehr bemerken, wenn Sie wie beim Marathontraining an Ihre Leistungsgrenzen gehen. Richtige Ernährung ist im Rahmen des Marathontrainings eine grundlegende Voraussetzung dafür, das optimale Wettkampfgewicht zu erreichen, Erkrankungen vorzubeugen, schneller zu regenerieren und die Energiespeicher optimal aufzufüllen. Sie muss Baustoffe für Auf- und Umbau des Körpers liefern und die sportliche, geistige Leistungsfähigkeit und Stressbelastbarkeit gezielt erhöhen.

Gezieltes Trinken und ausreichende Zufuhr von Vitaminen, Mineralien und Spurenelementen lassen den Stoffwechsel reibungslos laufen.

Ernährungsgrundlagen und Alltagskost

Ernährungswissenschaftler umschreiben die heutige Durchschnittskost als »Mangel im Überfluss«: Es werden zu viel Kalorien, Industriezucker, tierisches Fett, tierisches Eiweiß, Kochsalz und Alkohol aufgenommen. Trotz reichhaltiger Kalorienzufuhr fehlt es an wichtigen Nahrungsbestandteilen. Statt mit Pillen oder Diäten Auswege zu suchen, ist es besser, die Ernährung umzustellen. Marathonläufer sind zumeist bezüglich der Ernährung bereits sensibilisiert.

Läufer essen vollwertiger als der Normalbürger. Der Kohlenhydratanteil ihrer Nahrung ist höher und somit auch der Anteil an pflanzlicher Kost und Vollkornprodukten.

Wo die Kalorien herkommen

Die Empfehlungen der Deutschen Gesellschaft für Ernährung decken sich mit denen für Ausdauersportler. Die optimale Ernährung des Läufers ist somit vorbild-

In Deutschland werden im Vergleich zum Fett zu wenig Kohlenhydrate gegessen. Außerdem liefert der Alkohol einen zu hohen Beitrag zu den Tageskalorien.

lich für alle. Vergleicht man die Vorgaben der Ernährungswissenschaftler aber mit der tatsächlichen Ernährung, stellt man schnell fest, dass bei uns zu fett gegessen wird.

Bodymassindex und Körperfett

Der Bodymassindex (BMI) zeigt an, ob Ihr Gewicht zu Ihrer Größe passt. Er wird so ermittelt: Körpergewicht in Kilogramm geteilt durch das Quadrat der Körpergröße in Meter. Ein Mann hätte bei 72 Kilogramm und 1,80 Meter Größe einen BMI von 72 : (1,8 x 1,8) = 22,2, und das ist o.k.! Leistungsläufer liegen mehr im unteren Sollwertbereich oder bei leichtem Untergewicht.

- BMI-Sollwerte Männer: 20 bis 25, Frauen: 19 bis 24
- Untergewicht: unter 19
- Übergewicht: über 25
- Fettsucht (=Adipositas): über 30

Körperfettmessung

Der Körperfettanteil, das Verhältnis von passivem Fett- zu aktivem Muskel- und Organgewebe, wird aber beim Wiegen oder beim Bodymassindex nicht berücksichtigt.

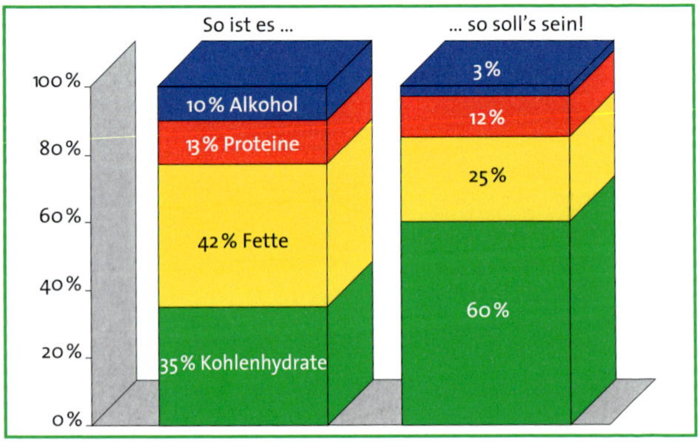

Wo kommen die Kalorien beim Durchschnittsbürger her? Ernährungswissenschaftler empfehlen auch Normalbürgern die Kost für Ausdauersportler: weniger Fett und Alkohol, dafür mehr Kohlenhydrate. Quelle: Steffny Run Fit Fun 97

Erst eine Körperfettmessung zeigt den wahren Fitnesszustand, denn schlank sein muss nicht fit heißen! Übergewicht und Körperfett über 25 Prozent bei Männern und über 35 Prozent bei Frauen sind nicht nur gesundheitlich bedenklich und im Marathontraining Ballast, sondern erhöhen auch die orthopädischen Risiken.

»Vorne laufen die Bleistifte, hinten die Radiergummis« formulierte Manfred Steffny, Herausgeber des Laufmagazins »Spiridon«, treffend den Unterschied zwischen Hobby- und Eliteläufern.

Bleistifte und Radiergummis

Sicherlich bringen Eliteläufer von Natur aus eine schlankere Konstitution mit als der Durchschnittsbürger, sie haben niedrigere Körperfettwerte (Männer 5 bis 13, Frauen 12 bis 20 Prozent) und daher ein günstiges Kraft-zu-Last-Verhältnis. Weiter hinten im Läuferfeld kommen die normalen und dann die etwas schwereren Damen und Herren. Bei über 80 Kilogramm spricht am sogar von Maratonnis. Dass es sich dabei nicht immer nur um Muskeln handelt, zeigen eigene Untersuchungen an 254 Männern. Bei gleicher durchschnittlicher Größe von 1,80 Meter hat die Gruppe der Läufer, die die 10-Kilometer-Wettkampfdistanz in 30 bis 35 Minuten laufen kann, nur ein Durchschnittsgewicht von 68 Kilogramm und Körperfettwerte von zwölf Prozent. Die Läufer, die 55 bis 60 Minuten über die 10-Kilometer-Strecke brauchen, haben ein Durchschnittsgewicht von 84 Kilogramm und einen Körperfettgehalt von 22 Prozent, worin natürlich eine Leistungsreserve liegt.

Nährstoffdichte

Die Qualität von Lebensmitteln lässt sich nach ihrer Nährstoffdichte bewerten. Sie gibt an, wie viel Vitamine, Mineralstoffe und Spurenelemente wir pro Kalorie aufnehmen. Zucker und Alkohol sind Beispiele für so genannte leere Kalorien. Wenn Sie Lebensmittel mit hoher Nährstoffdichte essen, brauchen Sie keine Pillen. Vergleicht man Süßigkeiten wie Vollmilchschokolade und Trockenfeigen bei gleicher Kalorienzahl, so können Sie die doppelte Menge Feigen essen und erhalten zusätzlich erheblich mehr wertvolle Nährstoffe bei weniger Fett.

Vollkornbrot hat beispielsweise etwa zwei- bis viermal so viele Nährstoffe wie Weißbrot bei gleicher Kalorienaufnahme.

Kohlenhydrate – Superbenzin für die Muskeln

Kohlenhydrate werden von grünen Pflanzen bei der Photosynthese aus Kohlendioxid und Wasser mit Hilfe von Sonnenlicht gebildet. Durch Verknüpfung von Einfachzuckern wie Traubenzucker (Glukose) und Fruchtzucker (Fruktose) entstehen Zweifachzucker wie Rohrzucker oder Mehrfachzucker und langkettige Moleküle wie Stärke, Glykogen und die teilweise unverdaulichen Faser- oder Ballaststoffe wie Pektine und Zellulose. Die Kohlenhydratspeicher des Ausdauersportlers (die Glykogendepots in Muskel und Leber) sind begrenzt und müssen ständig aufgefüllt werden. Enthält die Alltagskost (siehe Diagramm Seite 96) nur 35 Prozent Kohlenhydrate, so würde bei einem Sportprogramm von zwei Stunden täglich das Glykogendepot innerhalb einiger Tage verarmen. Um aber weiter trainieren zu können, muss beim Leistungsläufer der Kohlenhydratanteil der Nahrung auf 60 Prozent und mehr angehoben werden, das Glykogendepot kann sich wieder auffüllen.

Fette und Öle – so läuft es wie geschmiert

Fett ist ein Wärmepolster und ein leichter, aber großer Energiespeicher, der für mindestens 20 Marathonläufe reichen würde. Fette bestehen aus Glyzerin und Fettsäuren. Man unterscheidet je nach Zahl chemischer Doppelbindungen gesättigte, einfach oder mehrfach ungesättigte Fettsäuren. Essenzielle oder lebensnotwendige Fettsäuren wie Linolen- und Linolsäure müssen mit der

Nahrung zugeführt werden. Aus ihnen werden Zellmembranen und Hormone gebildet. Einfach ungesättigte Fettsäuren mindern im Blut selektiv den schädlichen LDL-Cholesterinanteil, nicht aber die schützende HDL-Fraktion. Besonders wertvolle, aber kalorienreiche Fett- und Ölquellen sind Olivenöl (Ölsäure), Sonnenblumenöl, Distelöl, Maiskeimöl und Meeresfische wie Makrelen (Omega-3-Fettsäuren).
Die fettlöslichen Vitamine A (Vorstufe Beta-Karotin), D, E und K können im Darm nur in Gegenwart von Fett aufgenommen werden, außerdem lösen sich viele Gewürzstoffe nur in Fett, ein Grund, warum fettfreies Essen nicht so gut schmeckt. Fette benötigen zu ihrem Abbau mehr Sauerstoff, liefern aber pro Gramm mit neun Kilokalorien über doppelt so viel Energie wie Kohlenhydrate oder Eiweiße, die je vier Kilokalorien liefern. Um ihren wahren Energiegehalt zu erahnen, stellen Sie sich also jede Fettportion, z. B. den Speckrand beim Schinken, über doppelt so groß vor! Fette Speisen verlangsamen auch die Verdauung.

Besonders gute Kohlenhydratquellen, die auch reichlich Vitamine, Mineralstoffe und Spurenelemente enthalten, sind Obst, Trockenobst, Gemüse, Kartoffeln, Vollkornnudeln, Vollkornreis und Vollkornbrot.

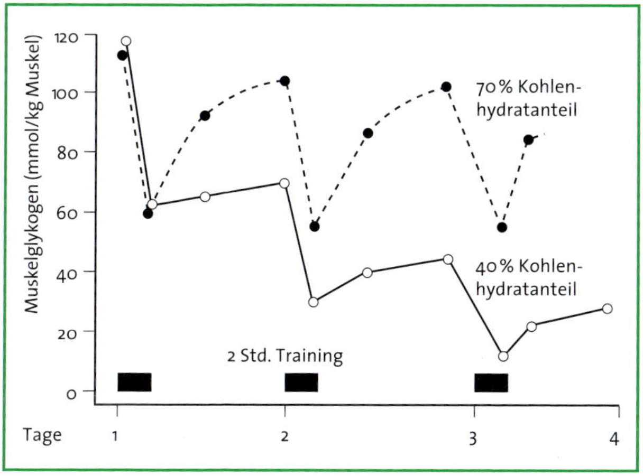

Nur wer sich kohlenhydratreich ernährt, kann sein Glykogendepot im Trainingsalltag wieder auffüllen. Mit Durchschnittskost ist der Tank bald leer, ein intensives Training wird unmöglich. Quelle: verändert nach D. L. Costill und J. M. Miller (1980)

Wie Sie Fett einsparen können

Insbesondere tierische Fette mit hohem Anteil an gesättigten Fettsäuren und Cholesterin müssen zugunsten von Kohlenhydraten halbiert werden. Fette lauern versteckt in Käse, Fleisch, Wurst, Kuchen, Eis und Schokolade. Meiden Sie also fette Saucen. Ersetzen Sie fette Wurst durch mageren Schinken, oder lassen Sie wenigstens die Butter darunter weg. Nehmen Sie als Alternative zu Butter Magerquark als Aufstrich. Statt Cremetorte tut es auch ein Stück Obstkuchen am Nachmittag. Fettärmere Kost erreicht man nicht nur bei der Auswahl der Lebensmittel, sondern auch bei ihrer Zubereitung: Grillen, Kochen und Dünsten sind wesentlich fettärmere Garmethoden als Braten oder Frittieren. Zudem sind diese Verfahren vitaminschonender.

Wer Fleisch isst, sollte zum Biometzger gehen und mageres Geflügelfleisch oder Wild bevorzugen.

Eiweiß – es muss nicht immer Fleisch sein

Wirkstoffe und Strukturelemente wie Enzyme, Hormone, Antikörper, Hämoglobin, Bindegewebe und Muskulatur bestehen aus Eiweißen. Sie sind im Körper einem ständigen Umbau unterworfen. Die Eiweiße des Menschen bestehen aus über 20 Aminosäuren, von denen wir acht mit der Nahrung aufnehmen müssen. Je nach Gehalt an diesen essenziellen Bausteinen haben Lebensmittel unterschiedliche biologische Wertigkeiten für unsere Proteinversorgung. Die höchsten Werte erzielen beispielsweise das Eiweiß von Eiern, Milch, Quark und Dorsch. Zwei Drittel der durchschnittlichen Proteinzufuhr besteht aus tierischem Eiweiß. Eine noch bessere Versorgung erzielen Sie durch geschickte Eiweißergänzung von pflanzlichen mit tierischen Lebensmitteln, wobei der pflanzliche Anteil die jeweils größere Portion sein sollte. Kombinieren Sie Pellkartoffeln mit

Ei, Quark mit Vollkorngetreide, Fisch mit Vollkorngetreide, Bohnen mit Vollkorngetreide, Bohnen mit Fisch oder Fleisch und Getreideflocken (Müsli) mit Milch.

Die Propaganda der Bierlobby spricht zu Unrecht vom flüssigen Brot. Dies mag bestenfalls auf das alkoholfreie Bier zutreffen.

Alkohol – laufen und laufen lassen

Alkohol (= Äthanol) ist ein weiterer Energielieferant, aber auch – bei 2,5 Millionen Alkoholkranken – Droge Nummer eins in Deutschland. Beim Bier stammen über 60 Prozent der Kalorien vom Äthanol, beim Wein sind es sogar 84 Prozent. Der Pro-Kopf-Konsum von rund 68 Gramm am Tag (488 Kilokalorien!) der 20- bis 65-Jährigen ist viel zu hoch! Äthanol ist nicht nur eine leere Kalorienquelle, sondern ein Stoffwechselgift, das bereits im Magen schnell resorbiert wird und harntreibend wirkt. Geringe Mengen Alkohol (ein viertel Liter Wein, bis zu einem halben Liter Bier) gelten als gesund. Sei es der Äthanol selbst oder Inhaltstoffe wie Flavonoide beim Wein, sie haben einen vor Gefäßverkalkung schützenden Effekt und wirken anregend. Diese Befunde dürfen aber kein Freibrief für ein Besäufnis darstellen! Aus folgenden Gründen sollten Sie Ihren Alkoholkonsum reduzieren: Größere Mengen Alkohol bedeuten eine hohe Zufuhr leerer Kalorien, wirken harntreibend und stören dadurch Wasser- und Mineralhaushalt, beeinträchtigen das Nervensystem, verschlechtern die Muskelkoordination, die Libido und führen beim Sportler zu verlangsamter Regeneration.

Übersteigerter Alkoholgenuss führt auf lange Sicht zu Schädigung der Magen- und Darmschleimhäute, Stoffwechselerkrankungen, Bluthochdruck, Herzmuskelschwäche und Leberversagen.

Vitamine – kleine Menge, große Wirkung

Vitamine sind lebensnotwendige Bestandteile unserer Nahrung, bei denen kleine Mengen große Wirkung haben können. Man unterteilt sie in wasser- (B-Komplex, C) und fettlöslich (A, D, E, K). Durch einseitige oder falsche Ernährung (Fastfood, Süßigkeiten, Fertigessen), Abführmittel und bei Diäten kann es zur Unterversorgung kommen. Im Marathontraining ist der Vitaminbedarf erhöht. Die beim Sportler gleichzeitig erhöhte Kalorienzufuhr vermag aber bei vollwertiger Ernährung normalerweise diesen Mehrbedarf auszugleichen. Fettlösliche Vitamine werden im Fettgewebe gespeichert, während die wasserlöslichen ständig neu zugeführt werden müssen und ein Überschuss ausgeschieden wird. Bei den fettlöslichen Vitaminen ist daher die Gefahr einer Überdosierung größer.

Gemüse sollte vitaminschonend nur al dente gedünstet werden und nicht in viel Wasser zu Matsch gekocht werden.

So vermeiden Sie Vitaminverluste

Der Vitamingehalt der Nahrung hängt von der Art, Saison, Frische und Behandlung der Lebensmittel ab. Die wasserlöslichen Vitamine B1 und C können bei der Zubereitung leicht ausgeschwemmt werden, sind hitzeempfindlich und oxidieren an der Luft. Beim Toasten gehen z. B. 40 bis 50 Prozent an Vitamin B1 verloren. Es ist an der Energiegewinnung aus Kohlenhydraten beteiligt und daher für Ausdauersportler besonders wichtig. Der Bedarf ist bei kohlenhydratreicher Kost und starkem Alkoholkonsum erhöht. Fettlösliche Vitamine sind hingegen relativ hitzestabil.

Mineralstoffe und Spurenelemente

Mineralstoffe und Spurenelemente sind anorganische Bestandteile des Skeletts und beeinflussen als gelöste Elektrolyte die physikalischen und biochemischen Eigenschaften der Körperflüssigkeiten wie Nervenleitung, Muskelkontraktion und Pufferung gegen Säure-Basen-Schwankungen. Mineralstoffe sind auch Bestandteile von Enzymen. Beim Schwitzen verliert der Körper Elektrolyte wie Natrium, Kalium und überproportional viel Magnesium. Kalium ist notwendig zur Bildung des

Glykogendepots. Magnesium ist ein Gegenspieler von Kalzium und ein wichtiger Enzymaktivator im Energiestoffwechsel. Kalzium, Vitamin-B1-Mangel, Alkohol und fettreiche Nahrung beeinträchtigen die Aufnahme im Darm. Magnesium ist in grünen Pflanzen, in Meeresfisch und in magnesiumreichen Mineralwässern (über 100 Milligramm pro Liter) vorhanden. Kalzium bildet mit Phosphat die Knochensubstanz. Einem Abbau von Knochen (Osteoporose) nach der Menopause können Frauen durch Bewegung und rechtzeitige Kalziumaufnahme bereits in jüngeren Jahren vorbeugen.

An Natriumchlorid (Kochsalz) besteht bei uns eher eine Überversorgung.

Eisen – der Sauerstoffspender

Eisen ist als Zentralatom des Hämoglobins (Blutfarbstoff) in den roten Blutkörperchen wesentlich am Transport des Sauerstoffs und dessen kurzfristiger Speicherung im Muskel (Myoglobin) beteiligt. Eisenmangel hat daher fatale Folgen für Ausdauersportler. Durch die Monatsblutung haben Frauen einen höheren Bedarf. Sehr eisenhaltig sind Fleisch, Vollkornprodukte, Hülsenfrüchte. Eisen aus tierischen Produkten wird besser aufgenommen als aus pflanzlichen Quellen.

Vitamin C fördert die Aufnahme von Eisen im Darm. Gerbstoffe des Kaffees und schwarzen Tees behindern sie.

Getränke – so stimmt die Wasserbilanz

Der Mensch besteht zu rund 60 Prozent aus Wasser. Von den täglich durchschnittlich aufgenommenen 2,5 Liter Flüssigkeit stammen 1,3 Liter von Getränken, 0,9 Liter aus der Nahrung und 0,3 Liter vom so genannten Oxidationswasser, das bei der Energiegewinnung aus Kohlenhydraten und Fetten frei wird. Starke Wasser- und Elektrolytverluste entstehen nicht nur beim Schwitzen, sondern auch durch harntreibend wirkende koffeinhaltige Getränke und Alkohol. Wer viel Bier und Kaffee trinkt, trocknet innerlich regelrecht aus. Diese Entwässerung (Dehydratation) führt zur Leistungseinbuße im Alltag und beim Sport. Empfehlenswerte Getränke für Läufer sind fettarme Milch, elektrolytreiche Mineralwässer, Früchtetees, Gemüsesäfte, Obstsäfte (nicht jedoch zuckerhaltiger »Nektar« und »Fruchtsaftgetränk«) und Fruchtsaftschorlen. Von diesen Getränken können Sie gerne »einen über den Durst trinken«. Über Nacht verlieren Sie viel Flüssigkeit durch Atmen, Schwitzen und Ausscheidung, deshalb sollten Sie schon morgens nach dem Aufstehen ein großes Glas Saft oder Mineralwasser trinken.

Vor allem an heißen Tagen beginnen viele Sportler Training oder Wettkampf unbewusst mit einem Wasserdefizit, weil sie den nächtlichen Flüssigkeitsverlust nicht beachten.

Der Isodrink macht noch keinen Sportler

Die Anzeigen in Sportzeitschriften, die Sponsorenaufdrucke vieler erfolgreicher Sportler und die häufig von den Herstellern selbst finanzierten Studien erwecken oft den Anschein, als ob eine Apotheke von Antioxidanzien, Blütenpollen, Gelée royale, Q10, Karnitin, Taurin, Guarana, Melatonin, Kreatin und anderen aufbauenden Präparaten unbedingt zur Grundernährung des Sportlers gehörte. Dem ist nicht so: Vitamin- und Mineralstoffgaben nutzen immer nur dann, wenn ein Mangel vorhanden ist. Je schlechter die Grundernährung, desto eher wird eine Substitution tatsächlich etwas bringen. Aber aus natürlichen Lebensmitteln werden die Vitamine und Mineralien durch gleichzeitig vorhandene, aber schwer herzustellende Kofaktoren in der Regel effizienter aufgenommen. Ein Apfel ist eben mehr als die Summe der uns bekannten Bestandteile.

Substanzen wie Karnitin produziert der Körper seit Jahrmillionen selbst und nimmt sie mit Milch und Fleisch auf. Ein Versorgungsengpass kommt im Normalfall gar nicht vor. Durch Überversorgung mit Pillen verlernt der Körper zudem, diese wichtigen Stoffe effizient aufzunehmen. Eine zusätzliche moderate Versorgung mit Eisen kann bei Frauen, Vegetariern oder beim Höhentraining angebracht sein.

Nichts gegen die gelegentliche Einnahme eines Multivitaminpräparats oder Isodrinks, aber die wahre Leistungsfähigkeit kommt noch immer von Talent, Motivation und Trainingsfleiß.

Essen und Trinken rund ums Laufen

Gesunde Ernährung im Alltag ist eine wichtige Voraussetzung für optimale sportliche Leistungsfähigkeit. Stimmen Sie, wenn irgend möglich, die Mahlzeiten im Tagesverlauf auf Ihr anstehendes Training ab.

Mehrere kleine Mahlzeiten sind besser als drei große. Snacken Sie zwischendurch mit Trockenobst, Frischobst, Obstkuchen, Müsli oder Joghurt.

Unmittelbar vor, während oder nach dem Training oder Wettkampf isst ein Läufer jedoch anders. Die letzte leichte und kohlenhydratreiche Mahlzeit sollte spätestens zwei, besser drei Stunden vor dem Sport eingenommen werden. Viele Läufer haben eigene Rezepte. Probieren Sie einfach aus: Geeignet, schnell verdaulich

Komprimierte Gesundheit steckt im Karottensaft. Dieser Sportlerdrink gleicht den Mineralstoffhaushalt aus und gibt Kraft.

und wenig belastend sind Banane, dünn mit Butter und Honig bestrichenes Weißbrot, Kartoffelpüree, zarte Haferflocken oder Griesbrei und weißer Reis. Letzterer wird von asiatischen Sportlern bevorzugt.

Trinken Sie über den ganzen Tag verteilt, aber nicht zu viel unmittelbar vor dem Laufen, um Seitenstechen zu vermeiden. Bei kühlem Wetter reicht ein halber Liter in den letzten zwei Stunden vor dem Lauf. Bei Wärme sollten Sie darauf achten, immer gut hydriert zu sein.

Vermeiden Sie unmittelbar vor dem Wettkampf auf jeden Fall fette oder ballaststoffreiche Lebensmittel. Während bei der Alltagskost Vollkornprodukte wertvoller sind, belasten und verzögern sie vor einem Training oder Wettkampf unnötig die Verdauung.

Die Saltin- oder Schweden-Diät

Vor einem Marathon ist in den letzten Tagen das Auffüllen der Kohlenhydratvorräte (»Kohlenhydratmast«, »carbo-loading«, »Superkompensation«) der Leber und Muskulatur ein Muss. Es gibt dazu drei verschiedene Varianten, die im Diagramm schematisch dargestellt sind. Der Name »Saltin-Diät« geht auf den Schweden Saltin zurück, der über diesen Zusammenhang geforscht hat.

- Die einfachste Prozedur erhöht nur in den letzten drei bis vier Tagen den Anteil der Kohlenhydrate auf über 70 Prozent (KH-Diät), indem man bei vermindertem Training Eiweiß und Fett in der Nahrung reduziert.
- Das zweite Verfahren setzt davor einen kurzen, nicht zu harten, flotten Lauf, der die Depots noch einmal leeren soll, was eine bessere Auffüllung zur Folge hat.
- Das dritte Verfahren besitzt zumindest theoretisch die größte Wirksamkeit. Man setzt vor das zweite Rezept drei möglichst kohlenhydratfreie Fett-Eiweiß-Tage (FE-Diät), die in der rabiatesten Form zusätzlich mit einem erschöpfenden längeren Lauf eingeleitet werden. Konkret würde die letzte Woche beim dritten Verfahren für einen Leistungsläufer so ablaufen: am Sonntag einen ruhigen 25- bis 30-Kilometer-Dauerlauf absolvieren, der das Glykogendepot entleert. Danach werden bei leich-

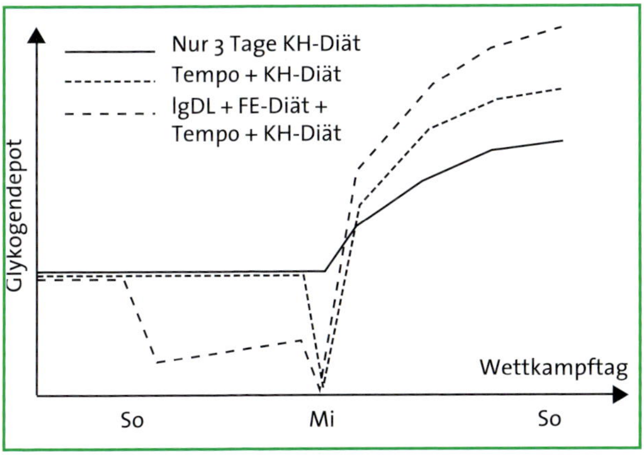

Hohe Kohlenhydratzufuhr (KH) in den letzten drei Tagen vor einem Wettkampf füllt das Glykogendepot. Im Experiment konnten Kombinationen von vorgeschaltetem langem Dauerlauf, Fett-Eiweiß-Tagen und Tempo das Depot noch stärker füllen. Quelle: Steffny Run Fit Fun 97, verändert nach B. Saltin (1972)

tem Jogging möglichst gesunde, kohlenhydratarme Lebensmittel verzehrt, z. B. Avocado, Eier, Fisch, Gurken, Hähnchen, Käse, Tofu.

Mittwochs folgt eine schnelle Einheit, die den Rest des Glykogens verheizt, z. B. 3-mal 1000 Meter im Marathontempo. Von nun an wird wie beim ersten und zweiten Verfahren nur noch wenig gejoggt und viele Kohlenhydrate in Form von Reis, Brot, Bananen und anderem Obst, Gemüse, fettarmer Pizza, Nudeln und Kartoffeln zu sich genommen.

Während das erste Verfahren uneingeschränkt zu empfehlen ist, gilt das nur bedingt für die dritte Extremform. Es bedarf eines Pferdemagens, die Fett-Eiweiß-Tage am Wochenanfang schadlos zu überstehen. Die Psyche wird einer sehr harten Probe unterzogen, denn der Tempolauf am Mittwoch kann ein Fiasko werden, weil sich der Läufer geschwächt fühlt und sich nicht mehr vorstellen kann, in ein paar Tagen Marathon zu laufen. Wer viele lange Läufe im Training zuvor absolviert hat, wird mit dem zweiten und dritten Verfahren nur noch geringe Zuwächse bei den Glykogendepots erreichen.

Bei dieser kohlenhydratreichen Diät nimmt man ein paar Pfund zu, denn beim Aufbau des Depots speichert man nicht nur Kohlenhydrate, sondern lagert auch die etwa dreifache Menge Wasser ein. Trinken Sie also reichlich!

Die Pasta- oder Kartoffelparty

Am Nachmittag oder Abend vor einem Marathon kommen die Läufer zu einer gemeinsamen Pasta- oder Kartoffelparty zusammen. Die Glykogendepots werden noch einmal tüchtig gefüllt. Wenn Sie sich selbst und für Freunde eine Pastaparty ausrichten:

- Nehmen Sie Hartweizengriesnudeln, nicht Einudeln.
- Kochen Sie Tomatensaucen mit Kräutern.
- Nehmen Sie nur ein wenig Olivenöl, und vermeiden Sie fette Saucen und Beilagen.

Trinken Sie dazu reichlich, denn die Glykogendepots werden mit Wasser gespeichert, das beim Laufen als Stoffwechselwasser wieder zur Verfügung steht.

Pizza und Pasta sind nur dann gute Kohlenhydratträger, wenn die Sauce und Auflage nicht zu fett ist.

Was soll ich während des Laufens zu mir nehmen?

Bei langen Trainingseinheiten von über einer Stunde kann Trinken vor allem bei warmem Wetter schon während des Laufens wichtig sein. Bei Wassermangel riskieren Sie frühzeitigen Leistungseinbruch, sogar Krämpfe. Machen Sie sich zur Regel, bei Rennen über längere Distanzen bereits an der ersten Verpflegungsstation

Läufer benötigen auch während des Laufs genug Flüssigkeit, um durchgehend eine gute Leistung zu zeigen.

Wasser oder ein Elektrolytgetränk zu sich zu nehmen. Wer sich selbst ein Wettkampfgetränk (z. B. aus stillem Mineralwasser, einer Prise Kochsalz und Orangensaft) mischen möchte, sollte darauf achten, dass der Kohlenhydratgehalt sieben Prozent nicht überschreitet (70 Gramm pro Liter). Eliteläufer trinken nur. Wer aber länger unterwegs ist, sollte frühzeitig auch Bananenstücke oder Brot knabbern. Bei rechtzeitiger Aufnahme stehen die Kohlenhydrate der Muskulatur später im Rennen noch zur Verfügung.

Trinken Sie lieber frühzeitig in kleinen Portionen als den großen Durst zu löschen, wenn es zu spät ist. Bereits zwei Prozent Wasserverlust führt zu deutlichen Leistungseinbußen.

So werden Sie hinterher wieder fit

Nach dem Marathon oder einem anstrengenden Training sind Sie zunächst erschöpft. Man hat erst keinen großen Hunger, sollte aber möglichst bald den Durst stillen. Zu empfehlen sind Fruchtsäfte oder Mineralwässer, die man sich zum Training und Wettkampf mitnehmen kann. Die Veranstalter bieten oft Isogetränke an. Der Körper ist außerdem nach einem Wettkampf stark geschwächt und daher empfindlich für eine Erkältung oder andere Infektionen.

Essen Sie als nächstes etwas leicht verdauliches und kohlenhydratreiches. Ideal ist auch jetzt wieder eine Banane, fettarmer Kuchen, Trockenobst und vollwertige Sportriegel. Die Glykogendepots lassen sich in den Stunden nach einer Belastung am schnellsten auffüllen. Am Abend sollte eine fettarme, an Proteinen hochwertige Mahlzeit auf dem Tisch stehen. Wie wäre es beispielsweise mit gedünstetem Seelachsfilet, Pellkartoffeln und Brokkoli? Klar, wenn Sie eine Bestzeit o. Ä. zu feiern haben, können Sie das mit einem Gläschen Sekt, Wein oder Bier begießen. Neben viel Ruhe nach einem Wettkampf sollten Sie in den folgenden Tagen weiter auf eine besonders gesunde Ernährung achten.

Kleine Verletzungen

Laufen sieht so spielerisch aus. Doch die Leichtigkeit täuscht. Beim Laufen sind ungeheure Kräfte im Spiel, auch wenn Läufer nur mit ganz normalem Tempo ihre Trainingsrunde drehen.

Aufsetzen, abrollen, abdrücken – enorm, was dabei die Füße und Beine aushalten müssen. Und zwar rund 1000-mal pro Kilometer.

Die Gefahr der Überlastung

Laufen ist Schwerstarbeit für den Körper. Wir sollten akzeptieren, dass unser Körper nur ein bestimmtes Maß an Beanspruchung verkraften kann. Die Grenze ist individuell unterschiedlich. Sie hängt von Alter, Umfang und Intensität des Trainingspensums, von der Anatomie des Skeletts und dem Anteil des Körperfetts, von der Wahl der richtigen Laufschuhe und dem allgemeinen Trainingszustand des Läufers ab.

Grundsätzlich gilt: Jeder hat seine Gesundheit selbst in der Hand. Sie können Verletzungen vermeiden:

- Wenn Sie Ihr Training richtig dosieren
- Wenn Sie auf die Signale Ihres Körpers hören
- Wenn Sie Ihrem Körper Zeit zur Erholung geben
- Wenn Sie Überbeanspruchung vermeiden
- Wenn Sie regelmäßig Gymnastik betreiben
- Wenn Sie optimale Schuhe tragen
- Wenn Sie bei Dunkelheit, auf Schnee und Eis umsichtig laufen

Trainingspensum mit Vernunft

Straßenläufer sollten ganz besonders auf gutes, dämpfendes Schuhwerk achten.

Zu viel, zu oft, zu schnell – das sind die Trainingsfehler, die am häufigsten zu Verletzungen führen. Nach Trainingspausen müssen sich Muskulatur, Gelenke, Sehnen und Bänder erst wieder an die Belastung gewöhnen.

Die zehn häufigsten Läuferverletzungen

Wo verletzt (in Prozent)	Männer	Frauen
Knie	23,0	21,3
Achillessehne/Wade	16,2	4,3
Mittelfuß	10,5	9,5
Zehennagel/Blasen	9,3	1,7
Hüfte/Leiste	8,5	14,7
Ferse	8,2	4,0
Verstauchter Knöchel	6,5	13,3
Schienbein	6,0	20,0
Kniesehne	1,8	5,1
Rücken	1,8	2,0

Also: Trainingsprogramm immer vorsichtig aufbauen. Das gilt besonders nach einer Verletzungspause. Steigen Sie mit halber Kraft wieder ein – reduzieren Sie Ihre Trainingsbelastung auf etwa 50 Prozent. Auch wenn Sie für längere Zeit ausgesetzt haben. Die Statistik enthüllt: Im März und April verletzten sich die meisten Läufer, oft, weil sie zu rasch in die Vollen gehen.

Vernünftige Regel: Steigern Sie Ihr Trainingspensum pro Woche um höchstens zehn Prozent.

Wenn der Körper (Schmerz-)Signale sendet

Schmerzen sind eine natürliche, segensreiche Reaktion unseres Körpers. Schmerzen sind immer ein verlässliches Warnzeichen, dass etwas nicht stimmt. Vermutlich verkraftet der Körper eine Belastung nicht, er bittet nun auf seine Weise, durch warnende Schmerzsignale, um Ruhe und Schonung.

Sie sollten solche Stoppsignale immer ernst nehmen. Fragen Sie sich selbstkritisch: »Habe ich falsch trainiert?« Laufen Sie auf keinen Fall gegen einen Schmerz an. Selbst einen scheinbar harmlosen Muskelkater sollten Sie nicht einfach ignorieren. Betrachten Sie ihn als

Aufforderung, vorübergehend etwas kürzer zu treten. Wenn Sie heftige Schmerzen spüren, sollten Sie sich umgehend von einem in Sportmedizin ausgebildeten Arzt untersuchen lassen.

Wie Sie Überbelastungen vermeiden können

Wenn Sie sich lustlos fühlen, wenn Sie schon vor dem Laufen erschöpft sind oder ein Stechen in der Muskulatur spüren – lassen Sie es langsam angehen. In jedem Fall sollten Sie Ihr Laufpensum reduzieren:

- Bei größerer Hitze (über 28 °C)
- Bei größerer Kälte (unter –10 °C)
- Bei hoher Luftfeuchtigkeit (über 80 bis 85 Prozent)
- Bei erheblichem Schlafdefizit
- Bei beruflich starkem Stress
- Nach reichlichem Alkoholkonsum
- Wenn die Muskeln stark schmerzen

Sie sollten Ihr Training sofort unterbrechen bzw. gar nicht erst beginnen:

- Wenn Sie beim Atmen ungewohnt auffällig keuchen oder unter Atemnot leiden

Neben Schmerzen und Schwellung erhitzt sich der Entzündungsherd, und der verletzte Körperteil ist nicht mehr voll funktionsfähig.

Erste Hilfe

Fuß geprellt oder verstaucht? Schmerzen am Knie, an der Achillessehne oder an der Schienbeinknochenhaut? Pech gehabt? Bei allen Akutverletzungen können Sie nach der P-E-C-H-Formel selbst Schadensbegrenzung betreiben:

P wie Pause (Ruhe)
E wie Eis (rasche Kühlung, mehrmals täglich 10 bis 15 Minuten)
C wie Compression (Druck, z.B. durch elastische Binden)
H wie Hochlagern (bis zu 48 Stunden)

- Wenn Sie unangenehm müde sind
- Wenn Sie im Gesicht blass sind oder schon blaue Lippen haben
- Wenn Ihre Gelenke oder Sehnen schmerzen
- Wenn es über dem Brustbein schmerzt
- Wenn Sie ungewohnte Signale wie übermäßiges Schwitzen oder ein Schwindelgefühl spüren
- Wenn Sie Fieber haben

Diese Sofortmaßnahmen richten sich gegen die unvermeidliche Entzündung, die jeder Verletzung auf dem Fuß folgt. Auch eine Entzündung ist die normale Reaktion des Körpers auf eine Verletzung. Ihre Symptome sind: Rötung, Schwellung, Schmerzen.
Ruhigstellung ist das Wichtigste. Ruhe kann Laufpause heißen oder auch Ausweichen auf einen Ausgleichssport – je nach Art der Verletzung. Jedenfalls muss die Verletzung in Ruhe ausheilen können.

Keine Bange vor einem Trainingsrückstand. Studien zeigen: Erst nach zwei Wochen lässt die Ausdauerfähigkeit nach. Die nötige Auszeit nimmt sich der Körper per Krankheit, wenn Sie nicht freiwillig pausieren.

Die häufigsten Beschwerden

Achillessehnenreizung

- *Was ist die Ursache?* Die Achillessehne verbindet die beiden großen Wadenmuskeln und befestigt sie an der Rückseite des Fersenbeins. Beschwerden sind die Folge von Fehl- oder Überbelastung (ungewohnt hohe Trainingsintensität) oder ungewohntem Belag (Sand, Berglaufen), falschem oder altem Schuhwerk, Überpronation. Die Wadenmuskulatur ist zu unelastisch, um Belastungen abzufedern.
- *Was tun?* Nach dem Training Eispackungen auflegen, Belastung reduzieren, Schuhe überprüfen, Trainingspause einlegen, auf Aquajogging oder Radfahren umsteigen, eventuell zum Arzt gehen.

▶ *Wie vorbeugen?* Gutes Schuhwerk (mit innen verstärkter Mittelsohle und stabiler Fersenkappe), den Fuß mit hartem Fersenkeil leicht erhöhen. Regelmäßiges Stretching der Wadenmuskulatur. Die Belastung behutsam steigern.

Adduktorenzerrung (Leistenzerrung)

▶ *Was ist die Ursache?* Einige Fasern eines Adduktorenmuskels (an der Oberschenkelinnenseite) reißen.
▶ *Was tun?* Eispackungen auflegen, entzündungshemmende Medikamente nehmen. Bei länger anhaltenden Schmerzen zum Sportarzt gehen.
▶ *Wie vorbeugen?* Gezielte Dehnübungen: rückseitige Oberschenkelmuskulatur, Vorderseite, Adduktoren.

Blasen sind nicht immer harmlos: Bei größeren, schmerzhaften Blasen sollten Sie den Arzt konsultieren.

Blasen

▶ *Was ist die Ursache?* Aufgrund von Reibung sammelt sich Gewebeflüssigkeit zwischen der inneren und äußeren Hautschicht.
▶ *Was tun?* Nur bei kleineren Blasen ist Selbstbehandlung möglich: Mit desinfizierter Nadel hineinstechen, damit die Flüssigkeit ablaufen kann. Danach die Haut desinfizieren und mit sterilem Verband (z. B. »Second Skin«) abdecken. Wenn nötig Behandlung wiederholen.
▶ *Wie vorbeugen?* Sorgfältige Fußhygiene. Faltenfreie, saubere Strümpfe. Neue Schuhe allmählich einlaufen, Druckstellen einreiben (Hirschtalg).

Blaue Zehennägel

▶ *Was ist die Ursache?* Sind die Laufschuhe zu klein, zu eng oder viel zu groß, werden die Fußnägel bei jedem Aufprall geprellt. Das führt zur Entzündung. Bei zunehmender Beanspruchung kommt es zu Blutungen, der Nagel färbt sich blauviolett, das Nagelbett schwillt an.

Durst, Schwäche, Schwindelgefühl, eventuell Brechreiz weisen auf eine Dehydrierung hin. Starker Flüssigkeitsverlust führt zu Krämpfen, mitunter Schüttelfrost. Immer reichlich trinken ist die einzig sinnvolle Vorbeugung.

▸ *Was tun?* Reinigen, desinfizieren und den Nagel von einem Arzt mehrfach durchbohren lassen, damit das Blut ablaufen kann. Danach Desinfektion, steriler Druckverband. Der Nagel darf nicht entfernt werden.

▸ *Wie vorbeugen?* Nur mit wirklich passenden Schuhen laufen. Zehennägel schneiden.

Bänderdehnung

▸ *Was ist die Ursache?* Passiert beim Laufen auf unebenem Untergrund oder bei Unachtsamkeit: Der Fuß knickt um. Folge: eine Verstauchung (Distorsion) des Sprunggelenks mit Bänderdehnung oder Bänderriss.

▸ *Was tun?* Kälte, Kompressionsverband, hochlagern – den Fuß ruhig stellen. Danach zum Arzt. Wenn ein oder mehrere Bänder gerissen sind, ist eine sechswöchige Ruhigstellung wichtig.

▸ *Wie vorbeugen?* Regelmäßige Kräftigung der Unterschenkelmuskeln. Anfällige Läufer sollte höhere Schuhe oder Bandagen tragen und unebenes Gelände meiden.

Bei solch unebenem Untergrund steigt die Verletzungsgefahr erheblich. Umgehen Sie solche Risiken möglichst.

Ischiasbeschwerden

▸ *Was ist die Ursache?* Reizung des Ischiasnervs. Durch fehlerhaften Laufstil (Überpronation, Unterpronation, verspannte Oberschenkel- und Gesäßmuskulatur), schwache Bauchmuskeln oder biomechanische Probleme (unterschiedliche Beinlänge, Rückenzerrung) können diese brennenden Kreuzschmerzen im Gesäßbereich auftreten und bis in den Fuß ausstrahlen.
▸ *Was tun?* Kein Eis, sondern entzündungshemmende Medikamente, Wärme. Locker gehen oder laufen, denn im Sitzen können sich die Probleme noch verstärken.
▸ *Wie vorbeugen?* Auf gute Sitzhaltung achten. Dehnübungen für die Oberschenkelrückseite, Hüftbeuger, Liegestütze, Rücken- und Bauchmuskeltraining.

Nachlässiger Laufstil, zu intensives Training oder zu schnell gesteigerter Trainingsumfang können leicht zu Knieschmerzen führen. Durch Stretching und Kräftigungsübungen der beteiligten Muskelgruppen sowie maßvollen Trainingsaufbau lassen sie sich vermeiden.

Knöchelverstauchung

▸ *Was ist die Ursache?* Durch Umknicken des Fußgelenks werden die Bänder gezerrt und überdehnt und entzünden sich. Eine Verstauchung zweiten Grades bedeutet den teilweisen Riss von einem oder zwei Bändern, dritten Grades heißt: Abriss aller drei Bänder.
▸ *Was tun?* Den verletzten Fuß hochlagern, ruhig stellen. Drei- bis viermal täglich Kältebehandlung. Nach 12 bis 24 Stunden mit Wärme gegen den Bluterguss vorgehen. Wenn das Gelenk anschwillt und bewegungsunfähig wird, zum Arzt.
▸ *Wie vorbeugen?* Kräftigungsübungen für die Füße.

Metatarsalgie (Schmerzen am Mittelfußköpfchen)

▸ *Was ist die Ursache?* Fehlstellung eines Metatarsalknochens, der dadurch höherer Druckbelastung ausgesetzt ist. Der Schmerz im Bereich der Mittelfußknochen fühlt sich an, als hätte man ein Steinchen im Schuh.

▸ *Was tun?* Den Druck auf die verletzte Stelle reduzieren, entweder durch ein Ballenkissen oder ein in die Einlegesohle geschnittenes Loch.

▸ *Wie vorbeugen?* Gute Laufschuhe, Einlegesohlen.

Muskelkrämpfe

▸ *Was ist die Ursache?* Treten besonders bei Hitze auf, wenn dem Körper durch Schwitzen Wasser, Mineralien, vor allem Magnesium und Kalium, verloren gehen.

▸ *Was tun?* Sofort die Belastung unterbrechen. Die verkrampften Muskeln vorsichtig dehnen, den Gegenmuskel anspannen.

▸ *Wie vorbeugen?* Viel trinken, sorgfältig aufwärmen.

Wenn die Muskulatur abrupt oder an der Leistungsgrenze beansprucht (z. B. überdehnt) wird, kann es zu Zerrungen (und Rissen) kommen. Ein stechender Schmerz signalisiert die Verletzung. Eiskompressen und Hochlagern helfen. Regelmäßiges Stretching und Kräftigungsübungen beugen vor.

Plantarfascitis (Fußsohlenentzündung)

▸ *Was ist die Ursache?* Druckschmerz, der bei Überlastung, auch durch Fehlstellung des Fußes (Überpronation, Plattfüße) entsteht, wenn die Sehnenplatte an der Fußunterseite überdehnt wird. Am Fersenansatz entstehen kleine Risse, die zur Entzündung führen.

▸ *Was tun?* Das Fußgewölbe durch Schuhe mit stabiler Mittelsohle stützen, Tapeverband, spezielle Einlage.

▸ *Wie vorbeugen?* Stretching für die Wadenmuskulatur, Fußgymnastik, Dehnung der Plantarmuskeln.

Prellung

▸ *Was ist die Ursache?* Stumpfe Gewalteinwirkung. Es besteht immer die Gefahr, dass Knochen, Blutgefäße oder Nerven verletzt wurden.

▸ *Was tun?* Eis, kalte Umschläge, Kompression, hochlagern, um Schwellung und Bluterguss gering zu halten. Möglichst bald isometrische Übungen, Anspannen der betroffenen Muskulatur. Keine Massagen!

▸ *Wie vorbeugen?* Umsichtig laufen.

Schienbeinschmerzen (Knochenhautreizung)

▸ *Was ist die Ursache?* Harter Untergrund, abgelaufene Schuhe, zu lange Trainingsläufe. Die Überlastung der Knochenhaut entsteht besonders bei extremem Fersenlauf: Bei jedem Aufsetzen des Fußes wird der vordere Schienbeinmuskel gleichzeitig gedehnt und angespannt.

▸ *Was tun?* Eispackungen, entzündungshemmende Medikamente. Wadenmuskulatur dehnen. Ein paar Tage Trainingspause. Eventuell Sportarzt aufsuchen.

▸ *Wie vorbeugen?* Stretching der Schienbeinmuskeln.

Bei einer Sehnenzerrung durch plötzliche Fehlbelastung oder eine unkontrollierte Aktion sollten Sie den betroffenen Körperteil im Stützverband ruhig stellen, Eis auflegen und pausieren. Gründliches Stretching beugt vor.

Verrenkung

▸ *Was ist die Ursache?* Die Knochen, die das Gelenk bilden, werden vollkommen gegeneinander verdreht. Manchmal springen sie anschließend wieder in ihre alte Position zurück. Wenn nicht, ist das eine schwer wiegende, sehr schmerzhafte Verletzung (Luxation). Das Gelenk schwillt an. Sofort zum Arzt.

▸ *Was tun?* Gelenk hochlagern, kühlen, ruhig stellen.

▸ *Wie vorbeugen?* Vor dem Laufen aufwärmen, Kräftigungsübungen. Nach überstandener Verletzung mit Verband oder Bandage stützen.

Wolf (Wundscheuern)

▸ *Was ist die Ursache?* Reibung der Haut durch Schweißsalzkristalle an der Innenseite des Oberschenkels oder unter dem Arm.

▸ *Was tun?* Aufgeriebene Stellen mit Vaseline oder Talkum behandeln, eventuell einen Verband drüber legen.

▸ *Wie vorbeugen?* Auf andere Laufbekleidung (sind die Nähte schuld?) umsteigen. Empfehlenswert: Tights aus Kunstfasern. Vorher die empfindlichen Stellen mit Vaseline eincremen.

4

Die Motivation

Wenn die Lust fehlt, wenn das Wetter zu kalt oder zu heiß, zu stürmisch oder der Himmmel zu grau ist, dann hängen nicht nur die Wolken tief. Wenn es zum Laufen entweder zu früh oder zu spät ist oder zu kurz nach dem Essen, sprich: wenn Sie einfach keine Lust haben, dann sollten Sie sich Gedanken über Ihren Mangel an Motivation machen.

Wenn in Ihnen der »innere Schweinehund« kläfft und Sie zurückhält, wenn alle guten Vorsätze nichts mehr nützen, dann sollten Sie erst recht laufen.

Der innere Schweinehund

Wenn gar nichts mehr geht und Sie die Laufschuhe am liebsten in die Ecke werfen würden, wenn Sie müde sind und an sich selbst zweifeln, wenn Sie nur noch denken können: »Mist, wenn mich doch jetzt nur einer aufbauen würde«, dann stecken Sie in einer Krise.

Das ist kein Drama! Es geht allen so, die sich langfristige Ziele stecken. Krisen sind überwindbar. Die nötige Motivation lässt sich aufbauen, und das jederzeit. Jeder kann lernen, sich selbst anzuspornen. Natürlich auch Sie. Das erste große Missverständnis, das Sie aus dem Weg räumen müssen, ist der Wunsch nach Hilfe durch andere. Wirksame Energien können Sie von nirgendwo erwarten. Positiven Antrieb, also Motivation, finden Sie nur in sich selbst.

Was ist Motivation ?

Zäh wie weiland Emil Zatopek: Wer alle vorhandenen Kräfte mobilisiert – physisch und psychisch –, der schafft es bestimmt bis ins Ziel.

Motivation – das Wort sagt es schon – ist eng gekoppelt mit Motiven, also mit Beweggründen: Was treibt mich dazu? Wirklich motiviert bin ich erst dann, wenn ich einen Sinn in meinem Tun erkenne. Das ist ganz wichtig – erst innere Überzeugung lässt mich mit Freude und

Engagement handeln. Sie erzeugt die nötige Willenskraft und das Durchhaltevermögen. Motivation ist das Motiv für Aktion. Motivation ist die Energie, die alles in Bewegung bringt.

Motivationsquellen

Hingabe, Leidenschaft und Enthusiasmus sind die Auslöser für Motivation. Wir müssen von dem, was wir tun, nicht nur überzeugt, sondern auch begeistert sein. Wenn wir begeistert sind, können wir alles schaffen. Wer begeistert ist, reißt auch andere mit, spornt sie an, bewegt sie. Das wiederum hilft, die eigenen Ziele leichter zu erreichen. Niemand kann gezwungen werden, Außergewöhnliches zu leisten. Das schaffen nur diejenigen, die es wirklich wollen. Und so motivieren Sie sich:

Andere motivieren bedeutet, auch sich selbst (noch mehr) zu motivieren und dadurch Synergien zu schaffen, d.h. die Arbeitsergebnisse sprunghaft zusteigern.

- Setzen Sie sich ein attraktives Ziel.
- Verknüpfen Sie Ihr Ziel mit guten Gefühlen (Freudeprinzip).
- Entscheiden Sie sich für vollen Einsatz.
- Setzen Sie sich bei allem, was Sie tun, voll ein. Verbannen Sie Halbherzigkeit aus Ihrer Gedankenwelt.
- Tun Sie das, was Sie gerade zu erledigen haben, bewusst, mit Spaß und voller Konzentration.
- Wer das Gewöhnliche mit ungewöhnlicher Begeisterung, mit Hingabe tut, wird Erfolg haben.

Die genaue Zielvorstellung

Wer sich wirksam motivieren will, braucht unbedingt ein Ziel vor Augen, eine Vision. Ziele geben sowohl die Anfangsmotivation (Vorfreude) als auch die ebenso wichtige Motivation zum Durchhalten. Deshalb sollten Sie:

- Ihr Ziel immer positiv formulieren
- Ihr Ziel realitätsnah setzen
- Ihr Ziel konkret benennen (Datum, Ort, Zeit)

- Ihr Ziel in einem überschaubaren Zeitraum erreichen können
- Ihr Ziel ohne fremde Hilfe ereichen wollen

Die richtige Einstellung

Fragen Sie sich immer wieder bewusst: »Was ist mein Ziel?« Wollen Sie vor allem den Kitzel erleben, die Herausforderung Marathon zu bestehen? Wollen Sie den Marathon nur erfolgreich beenden oder eine bestimmte Zeit erreichen? Wollen Sie die selbst gewählte Trainingsdisziplin durchhalten? Wollen Sie durch Ihr Training vor allem den Fettverbrennungsmotor am Laufen halten? Oder treibt Sie die schiere Lust am Laufen?
Die Antwort ist wichtig. Denn nur dann können Sie die richtige Einstellung entwickeln. Und nur dann wird sich jener Spaß beim Training einstellen, der beflügelt und der über alle Tiefs und Lustlosigkeiten hinweghilft.

Für die meisten kommt ein Sieg beim Marathon nicht infrage. Sie werden auch kaum um Geldprämien laufen. Was also wollen Sie erreichen?

Visualisieren

Stellen Sie sich auch das Erreichen Ihres Ziels in allen Facetten vor. Gehen Sie das Rennen im Kopf durch. Sehen Sie sich leicht und locker laufen. Spüren Sie

Was Sie motivieren kann

- Die Lust, in Aktion zu sein
- Das Vorbild anderer (»Was der kann, kann ich auch«)
- Die Erinnerung an alte Erfolge
- Die Erfüllung einer selbst gestellten Aufgabe
- Das Wohlgefühl während der Aktion
- Das Wettkampfprickeln
- Der mitreißende Spirit
- Die Außenstimulation
- Die Anerkennung von außen
- Ein gutes Gefühl durch seriöse Vorbereitung

Freude und Ihr Glück auf den letzten Metern. Durch diese Visualisierung lösen Sie im Gehirn die nötige emotionale Intensität aus, die Ihre Begeisterung in Gang setzt und am Leben hält.

Sie haben heute keine Lust, loszulaufen? Erinnern Sie sich jetzt an Ihr schönstes und wichtiges Erfolgserlebnis beim Laufen. Spielen Sie es nochmals in allen Einzelheiten in Ihrem Kopf durch: Was hören und sehen Sie? Wie erleben Sie diese Situation? Wie kommen Sie normalerweise in die Gänge?

Denken Sie nicht an das, was Sie am Training hindert, sondern daran, was das Training für positive Gefühle in Ihnen auslöst.

Training als feste Gewohnheit

Gewohnheiten können wie Fesseln sein. Anfangs fällt es sicher schwer, Ihr Training in den Alltag einzubauen. Vielleicht müssen Sie sich sogar Tag für Tag neu einstimmen. Das kostet viel Kraft. Deswegen: nie lange nachdenken und fackeln. Rein in die Laufklamotten und los! Alte Gewohnheiten lassen sich nur durch neue, oft mühselige Aktivität ändern, bis das Neue schließlich zur Gewohnheit geworden ist. Also: Just do it.

Aber bleiben Sie dabei flexibel! Eine gewisse Trainingsdisziplin sollte schon sein, aber machen Sie sich dabei nicht verrückt. Sie müssen nur, was Sie wollen. Und Sie wollen doch vor allem eines: Spaß haben. Wenn es einmal nicht gut läuft, gönnen Sie sich zwischendurch Gehpausen. Und warum nicht einmal spontan das Pensum ändern? Wenn es gar nicht geht, lassen Sie ruhig mal eine Trainingseinheit aus. Gehen Sie stattdessen spazieren, oder fahren Sie Rad.

Suchen Sie Abwechslung

Die tägliche Laufroutine auf immer wieder derselben Strecke kann auf die Dauer mürbe machen. Variieren Sie unbedingt Ihr Training:

- Testen Sie neue Routen, suchen Sie neue Strecken.
- Laufen Sie zu unterschiedlichen Tageszeiten.
- Laufen Sie unterschiedlich lange Distanzen.
- Lassen Sie sich z. B. auch mal irgendwo absetzen, und laufen Sie dann heim.

Machen Sie sich nicht selbst zum Sklaven eines peniblen Trainingsplans. Laufen Sie gegen die Langeweile an.

Suchen Sie sich Mitläufer

Die meisten trainieren solo. Manchmal unfreiwillig, oft aber auch freiwillig. Dabei kann ein Trainingspartner sehr hilfreich sein: Sie raffen sich leichter auf, schon, um den anderen nicht hängen zu lassen. Plauschend, zu zweit oder in der Gruppe, vergehen längere Distanzen wie im Flug. Warum schließen Sie sich z. B. nicht einem Lauftreff an – wenigstens einmal pro Woche. Auch, um Erfahrungen auszutauschen.

Selbstmotivation

Selbstmotivation ist Ihre positive Energiequelle – die wichtigste, die Ihnen zur Verfügung steht. Sie sprudelt nur, wenn Sie sich klare Ziele setzen. Wie gesagt: Diese

Schlechte Gewohnheiten durchbrechen

- Schieben Sie nichts auf die lange Bank. Lassen Sie Ihrem guten Vorsatz immer sofort eine Tat folgen.
- Machen Sie Ihre neue Sache zu einer Gewohnheit, die Sie regelmäßig ausüben. Erst wenn Sie eine Tätigkeit wirklich zur einer neuen Gewohnheit machen, müssen Sie nicht jedesmal wieder so viel Energie aufbringen wie beim ersten Mal.
- Gestatten Sie sich keine Ausnahmen. Bleiben Sie konsequent. Ausnahmen torpedieren Gewohnheiten, Sie würden sich schon bald eine weitere Ausnahme gestatten , was alles nur unnötig erschwert. Das amerikanische Sprichwort »The exeption kills« ist leider wahr!

Finden Sie selbst heraus, zu welcher Tageszeit Sie nicht mehr am Schreibtisch sitzen wollen und Lust auf Bewegung haben: Das ist der ideale Zeitpunkt fürs Training, Motivation inklusive.

Ziele müssen erreichbar sein, Schritt für Schritt. Die Strategie der kleinen Schritte ermöglicht Zwischenresultate und kleine Erfolgserlebnisse. Sich Ziele setzen, diese Ziele nicht aus den Augen verlieren, Misserfolge und Rückschläge wegstecken können – das ist schwer. Aber bitte vergessen Sie nicht: Auch Sie können das spielend lernen.

Tricks für erfolgreiche Selbstmotivation

- Legen Sie vor dem Training Ihre Lieblingspowermusik auf, so können Sie sich schnell positiv aufladen.
- Hüpfen Sie auf der Stelle. Das ist ein erster Schritt, wenn Sie aus der Lethargie in Aktion kommen wollen.
- Besinnen Sie sich regelmäßig auf Ihre Stärken. Fragen Sie täglich: »Was ist heute für mich gut gelaufen?«
- Loben Sie sich, wenn Sie etwas gut hingekriegt haben.
- Erinnern Sie sich auf dem Weg zu einem neuen Ziel immer an alte Erfolge und das gute Gefühl, das Sie dabei hatten.
- Arbeiten Sie mit positiven Affirmationen, um Ihr Selbstbewusstsein zu stärken: »Ich mache meine Sache richtig gut.« »Ich bin innerlich sehr stark und halte durch.« »Ich lasse mich auf meinem Weg nicht abbringen.« »Ich weiß, dass ich erfolgreich sein werde.« Positive Affirmationen stabilisieren die Motivation.
- Denken Sie sich die große Aufgabe klein: Sie verliert ihren Schrecken, wenn Sie sie in handliche Portionen zerlegen und diese dann nacheinander anpacken.
- Verzweifeln Sie nicht an schwierigen Aufgaben und Problemen. Betrachten Sie jede schwierige Situation als Chance zur Bewährung. Und als Chance, die persönliches Wachstum ermöglicht.
- Belohnen Sie sich zwischendurch selbst für kleine Erfolge.

Über die Autoren

Herbert Steffny ist Diplombiologe und war 13-facher Deutscher Meister in verschiedenen Laufdisziplinen. Er wurde Dritter bei der Europameisterschaft in Stuttgart im Marathonlauf und gewann den Jubiläumsmarathon der Masters Class in Boston. Heute leitet er Laufseminare.
Ulrich Pramann ist Herausgeber der Zeitschrift *fit for fun* und begeisterter Hobbyläufer Als Autor beschäftigt er sich mit den Bereichen Sport, Fitness und Karriere.

Literatur

Pramann, Ulrich: Kleine Philosophie der Passionen. Laufen. dtv. München 1998
Pramann, Ulrich: Marathon. Steiger Verlag. Augsburg 1999
Steffny, Manfred: Marathontraining. H. Schmidt Verlag. Mainz 1998
Fischer, Joschka: Der lange Lauf zu mir selbst. Kiebenheuer & Witsch. Köln 1999
Steffny, Herbert/Pramann, Ulrich: Perfektes Lauftraining. Südwest Verlag. 9. Auflage, München 2000

Hinweis

Das vorliegende Buch ist sorgfältig erstellt worden. Dennoch erfolgen alle Angaben ohne Gewähr. Weder Autoren noch Verlag können für eventuelle Nachteile oder Schäden, die aus den im Buch gemachten praktischen Hinweisen resultieren, eine Haftung übernehmen.

Bildnachweis

Bongarts, Hamburg: 33, 85, 86 (N.N.), 58 (Andreas Rentz), 116 (Tobias Heyer); Das Fotoarchiv, Essen: 1, 18 (Jochen Tack), 4 (Lisa Quinones), 9 (Bob Krist), 14 (Adam Scull), 41 (Dirk Eisermann), 46 (Arnold Zann); dpa, München: 60, 120; Image Bank, München: 105 (Francisca Ontanon), 110 (Alan Becker); Jump, Hamburg: 53 (C. Perret); Steffny Herbert, Titisee: 88-91, 108; Südwest Verlag, München: 22 (Jump/K. Vey), 94 (Karl Newedel)

Impressum

Originalausgabe © MM Südwest Verlag, München. Der Südwest Verlag ist ein Unternehmen der Verlagsgruppe Random House GmbH, München.

Copyright © 2005 für die genehmigte Sonderausgabe: Bellavista, ein Imprint der Verlag Karl Müller GmbH, Köln.

Redaktion:
Gabriele Otto
Projektleitung:
Dr. Alex Klubertanz
Redaktionsleitung und medizinische Fachberatung:
Dr. med. Christiane Lentz
Bildredaktion:
Ute Schoenenburg
Produktion:
M. Metzger (Leitung), A. Aatz, Dr. E. Weigele-Ismael
Layout:
Wolfgang Lehner

Für diese Ausgabe:
Redaktion:
Martina Rözel
Herstellung:
Tara Tobias Moritzen
Umschlaggestaltung:
Peter Udo Pinzer, Eppstein
Titelbild: © Phototheque SDP/mauritius images
Reproduktion:
Jung Medienpartner, Limburg
Druck und Bindung:
EuroGrafica, Marano

Printed in Italy

ISBN 3-8336-0443-3
www.bellavista-verlag.de